Peter Stephan Jungk
Das elektrische Herz

Roman

Paul Zsolnay Verlag

1 2 3 4 5   15 14 13 12 11

ISBN 978-3-552-05527-8
Alle Rechte vorbehalten
© Paul Zsolnay Verlag Wien 2011
Satz: Eva Kaltenbrunner-Dorfinger, Wien
Druck und Bindung: Friedrich Pustet, Regensburg
Printed in Germany

*Für Rebecca Horn
und Arrigo Lessana*

Sein Herz pochte freudig, und nur darum, weil es pochte.
Dann aber sah er mit Entsetzen auf sein Leben zurück
wie auf das Gewitter, das hinter ihm rechts und links den
schönen Wald zersplitterte.
Wilhelm Hauff, *Das kalte Herz*

Don't whisper, I love you / Unless you know it's true
Be careful what you're saying / You're talkin' to my heart
Oh be careful what you're saying / You're talkin' to my
heart.

Fleetwood Mac, *Talkin' to My Heart*

Flattern

1.

Wir beide, du und ich, wir haben zweimal das Licht der Welt erblickt. Das erste Mal? Als wir zwanzig Jahre alt waren. Das zweite Mal vor nicht allzu langer Zeit, über drei Jahrzehnte später. Du hörst mir zu. Endlich hörst du auf mich. Du bist aufmerksam, zeichnest auf, was ich dir zuflüstere, einsage, vorschlage, woran ich dich erinnere. Verleihe mir deine Stimme. Ich will dein Zumurmler sein. Wir leben. Du und ich, wir haben überlebt. Unsere Eltern reisten mit uns durch die Welt. Sie zogen von Amerika nach Europa, sie zogen von Europa zurück nach Amerika. Sie suchten nach einem Zuhause. Ab unserem sechsten Lebensjahr ließen sie sich endgültig in Wien nieder.

– Endgültig? Davon kann keine Rede sein.
– Wer erzählt nun unsere Geschichte? Du oder ich?
– Du. Ich werde, wie vereinbart, unsere Geschichte von dir geflüstert hören und sie so aufschreiben, Wort für Wort, wie du sie mir diktierst.

Ich flüstere also: Unsere Eltern verließen Amerika. Sie fürchteten, du könntest ihnen sonst fremd, ein forscher Businessman werden; einer, der kein Wort seiner Muttersprache verstünde, dem die Herkunft seiner Vorfahren eher peinlich wäre, denn zum Stolz gereichte. Trotzdem steckten sie dich in Wien in eine amerikanische Schule. Du bist zweisprachig aufgewachsen. Wir waren elf, du und ich, da schulten sie dich um. Du musstest die schwungvoll-idyllische International

School verlassen, um ein altehrwürdiges Gymnasium zu besuchen. Neben dem Hauptportal hing eine fleckig-beige, an den Rändern brüchige Steintafel: Hugo von Hofmannsthal, Arthur Schnitzler und Stefan Zweig hätten hier maturiert. Du warst einer tyrannischen Professorenschar ausgesetzt, aus dem neunzehnten in die Mitte des zwanzigsten Jahrhunderts gebeamt, wiederauferstanden von den Toten, um Angst und Schrecken zu verbreiten, um jungen Menschen Beklemmung und Verzagtheit auf den Lebensweg mitzugeben. Deine Noten blieben konstant mangelhaft, du bliebst immer gefährdet, ganze Schuljahre wiederholen zu müssen.

Die ersten Sommerferien nach deiner Umschulung verbrachtest du in einem hochgelegenen Graubündener Dorf, du wohntest in zirbenholzgetäfelten Räumen mit Blick auf ein ansehnliches Schloss und die Bergspitzen rundherum, auf denen auch den Sommer über Schnee lag. Der süßlaue Holzduft dort! Im Nachbardorf gab es ein geheiztes Schwimmbad, du gingst täglich dorthin, selbst bei Schlechtwetter; Vaters rüstiger Cousin Arnold brachte dir das Vom-Brett-Springen bei, und du bist oft gesprungen, tagaus, tagein. Du schafftest es nicht. Es gelang dir kein einziges Mal, den alten Herrn zufrieden zu stellen. Du schlucktest lauwarmes Wasser in großen Mengen. Wir wurden krank, du und ich. Wir wurden beide sehr krank.

– Fasse dich etwas kürzer, oder willst du mir ein ganzes Buch diktieren?
– Möchtest du unsere Geschichte doch lieber selber erzählen?
– Es war dein Wunsch, darf ich dich daran erinnern?, mir meine Lebensgeschichte nachzuerzählen.
– Augenblicke aus meiner und deiner Lebens- und Leidens-

geschichte zeichne ich nach. Damit bist und bleibst du einverstanden?
– Fragt sich nur, wen, außer dich und mich, soll das aufwühlen, oder gar erschüttern?
– Jeden, der je gelitten hat. Oder leiden muss, je leiden wird.
– Unser Leiden hielt und hält sich doch in Grenzen?
– Es war bitter genug. Der Tod rückte nah und näher.
– Mach nur weiter. Wenn ich mich auch frage, was du im Schild führen magst.
– Du wirst meine Gründe verstehen.
– Wann werde ich ... deine Gründe verstehen?
– Nicht heute. Nicht morgen.
– Du machst mich neugierig. Erzähle weiter.

Du hattest dich im geheizten Schwimmbecken infiziert. Du bist vor Schmerzen im Rücken, in den Schultern, im Nacken beinahe ohnmächtig geworden, hast gewimmert, bei jedem Schritt. Du konntest den Kopf nicht mehr senken. Rheumatisches Fieber hatte dich und mich gepackt.
In der zweiten Hälfte des Sommers bereitete Vater den bis heute als weitsichtig geltenden Politthriller »Die Meute« vor, mit Marcello Mastroianni in der Titelrolle des Industriellen Mannoia, angesiedelt in der Wollbekleidungsindustrie Umbriens; bei großer Hitze habt ihr am Stadtrand von Perugia eine Fabrik für Kaschmirpullover besichtigt. Dir war inmitten der tausend tickenden Strickmaschinen so elend zumute, dass du kaum gehen, kaum noch stehen konntest. »Würdet ihr heute sterben«, hast du den Eltern zugeflüstert, »ich legte mich gerne neben euch. Um auch zu sterben.«
»Ich darf und werde jetzt nicht sterben«, hat Mom dir geantwortet. »Ich erwarte ein Kind. Du bekommst eine Schwester, vielleicht einen Bruder.«

Ein Arzt in Perugia – wie vielen Ärzten sind wir im Leben bisher begegnet? Hundert? Hundertfünfzig? Zweihundert? – verschrieb Höchstdosen Penicillin, du durftest das Hotel nicht mehr verlassen. Zweimal am Tag kletterte eine herbe Krankenschwester in das stickige, mit dunkelgrünen Holzläden verdunkelte Zimmer im fünften Stock, um dir Spritzen zu verabreichen.
Ich höre die besorgten Stimmen unserer Eltern, unserer Ärzte, deine mutlosen Fragen, sie hallen bis heute in mir nach, erinnere mich an die Warnung des alten Zürcher Kinderarztes, den Vater und Mutter am Ende jenes Sommers konsultierten. »Das Rheumatische Fieber leckt an den Gelenken, beißt aber das Herz«, murmelte Professor Chiari. »Lange nach Ende der akuten Infektion können Vernarbungen im Bereich der Herzklappen mit daraus resultierenden Beeinträchtigungen der Herztätigkeit auftreten. In Zukunft muss selbst bei harmlosesten Erkrankungen, sogar bei einer länger anhaltenden Erkältung, sofort Penicillin verabreicht werden, oder?« Wobei dieses »Oder?« nicht als Frage, vielmehr als nachdrückliche Bestätigung des Gesagten gemeint war. »Und ab sofort darf am Turnunterricht nicht mehr teilgenommen werden. Höchstens Schonturnen ist gestattet, oder? Das Herz darf niemals wieder überanstrengt werden, mindestens bis ans Ende der Entwicklungsjahre, wenn nicht gar weit darüber hinaus.«
Nach diesem Katastrophensommer kam deine und meine Schwester Vivien zur Welt, ein kerngesundes Wesen, elf Jahre jünger als du.

– Verzeihe mir, wenn ich dich wieder unterbreche. Ich schlage vor, die Zeit bis zur Entdeckung deines leisen Geräuschs etwas knapper zusammenzufassen.
– Deine Hast raubt mir alle Lust am Erzählen. Nur mit der

Ruhe. Warum immer alles verknappen? Deine Leser haben weit mehr Geduld, als du denkst.

– Meine Leser sind mit Sicherheit etwas verdutzt. Sie verstehen nicht, von wem du sprichst, wenn du »wir« sagst. Wen du meinst, wenn du »ich« sagst. Wen du meinst, wenn du »du« sagst.

– Unsere Leser werden uns verstehen. Sorge dich nicht.

– Ich sorge mich. Sie verstehen die duale Konstruktion womöglich nicht. Schlagen wir genügend Funken aus der Differenz zwischen dir und mir?

– Lass mich. Lass mich nur machen. Hab Geduld. Vertraue mir.

Das Turnverbot erniedrigte dich, du warst dem Gespött deiner Mitschüler ausgesetzt, wurdest in den ersten Jahren nach unserer Erkrankung als Klassentrottel behandelt: »Wer keinen Sport treibt, ist minderwertig«, rief man dir zu, noch Mitte der sechziger Jahre des letzten Jahrhunderts. Erst Jahre später sollte sich das Blatt wenden, denn du, nur du konntest die Texte der Beatles, der Rolling Stones, der Kinks, Troggs, Monkees und Herman's Hermits verstehen und übersetzen. Mit einem Mal erlebtest du die Wertschätzung deiner einstigen Peiniger. Du hättest deinen neuen Status gerne länger ausgekostet, doch wenig später übersiedelten wir erneut, dieses Mal nach Berlin. Vater war eine Regie-Professur an der Filmakademie angeboten worden, er sagte zu – froh, die verhasste Donaustadt hinter sich zu lassen, in der der gebürtige Triestiner, Sohn eines amerikanischen Vaters und einer italienischen Mutter, nie heimisch geworden war.

– Siehst du. Also von endgültigem Niederlassen in Wien keine Rede!

– Sei nicht rechthaberisch. Das tut mir und dir nicht gut.
– Außerdem: West-Berlin. Die Mauer trennte ja noch den West- vom Ostteil der Stadt. Wenn du nur Berlin sagst, könnte man auf die Idee kommen, wir hätten im Osten gelebt, als Freunde des Ulbricht-Regimes.
– Haarspaltereien.
– Ich darf dich doch von Zeit zu Zeit korrigieren?
– Du darfst alles. So war es seit unserer Geburt.

2.

In Berlin störte es niemanden, dass du nicht geturnt hast. Unsportlichkeit galt dort als progressiv-revolutionäre Grundhaltung. Deine neuen Mitschüler mochten dich so, wie du warst, fanden allerdings deinen Wiener Sprachklang lachhaft. Jedes Wort verführte zum Spott. Du hast deinen Akzent über Nacht abgelegt, ihn abgetötet, kein weicher Klang entglitt dir mehr. Du gabst ab sofort hochdeutsche Neutralsprache von dir. Noch etwas missfiel ihnen: Du seist viel zu unpolitisch, kein bekennender Kommunist. Weder Trotzkist noch Maoist, weder Bolschewik, Leninist noch Titoist. In Wien war dir das Gegenteil vorgehalten worden – Vater galt als Sympathisant, wenn nicht gar Mitglied der Kommunistischen Partei Österreichs, obwohl er das mit Sicherheit niemals war. Man warf John Stein seine Reisen in die Sowjetunion vor, die er wiederholt unternahm, um bei Festivals sein Œuvre vorzustellen und dabei öffentlich für atomare Abrüstung und gegen eine Neu-Aufrüstung des Westens zu plädieren.
Zu Beginn der Berlin-Zeit: Eine Klassenreise. Im Bus neben dir und mir Florentine Junghans.

– Felicitas. Entschuldige: Sie hieß Felicitas ...
– Felicitas?
– Felicitas Junghans gab mir den ersten Zungenkuss meines Lebens.
– Du hast sie zurückgeküsst, betört, unwissend, ungeschickt.
Ich begann so rasch zu pochen wie nie zuvor. Zu schnell, ich schlüge viel zu schnell, beklagtest du dich an jenem Abend bei mir, tief im Teutoburger Wald, in der übel riechenden, heruntergekommenen Jugendherberge nahe dem grässlichen Hermannsdenkmal.
Von der Klassenreise zurückgekehrt, hast du dich dann auch bei unseren Eltern ausgeweint, ihnen von meinem heftigen Klopfen, meinem Hämmern berichtet. Dabei tat ich doch bloß meine höchste Pflicht. Vor jedem Einschlafen spürtest du mein Trommeln, mein Flattern, oft hielt ich dich stundenlang wach. Danach hast du mir jeden Abend vor dem Einschlafen, an jedem Morgen beim Aufwachen denselben Vorwurf gemacht, jahrelang: Das Bewusstsein, dass du nur lebtest, weil ich schlug, raubte dir den Schlaf, ob du auf dem Rücken lagst, auf der Seite oder auf dem Bauch, ob eingerollt oder ausgestreckt. Du sorgtest dich, du hattest Angst.
Berechtigte Angst, wie wir beide bald erfahren sollten: Drei zu Rate gezogene Ärzte hörten unabhängig voneinander ein deutliches Geräusch, als sie mich auskultierten. Sie vermuteten einen Geburtsfehler. Hatte Mom, ehemalige Schauspielerin, die in B- und C-Filmen mitwirken durfte, den Sprung in den Weltruhm aber nie schaffte – selbst Vater hat sie in keinem seiner Filme je eingesetzt –, zu viele Schlafmittel geschluckt während ihrer Schwangerschaft? Jene panzerfaustkräftigen Riesenpillen aus amerikanischer Manufaktur der 1950er- und 1960er-Jahre, die sich so wunderbar eigneten, Selbstmord zu begehen? Man hielt aber auch Spätfolgen des

Rheumatischen Fiebers für denkbar. Ich kannte den Grund für deine Zustände, nur hörtest du damals noch nicht auf mich, auf meine Zeichen, auf mein Flüstern, warst noch nicht fähig, mich wahrzunehmen.

– Darf ich dich einen Moment unterbrechen?
– Unterbrich einfach. Spiel nicht auf höflich.
– Du behauptest, ich hätte auf dein damaliges Flüstern, deine Zeichen nie geachtet. Kein Tag verging, in den folgenden vier, beinahe fünf Jahren, zwischen meinem fünfzehnten und meinem neunzehnten Lebensjahr, an dem ich nicht mehrmals in der Stunde meinen Puls fühlte. Ich drehte den Unterarm nach oben, legte die Mittelfingerspitze an die Gelenksunterseite meiner rechten Hand und heftete den Blick auf die Armbanduhr. Zählte, wie oft du in fünfzehn Sekunden schlugst, multiplizierte das Ergebnis mal vier. Du hast nie langsamer als neunzig- bis hundertmal in der Minute geschlagen. Normal sind sechzig bis siebzig Schläge.
– Und bei Elefanten? Was ist bei Elefanten normal?
– Wie kommst du auf Elefanten? Fünfundzwanzig- bis dreißigmal in der Minute. Bei Walfischen selbst bei Anstrengung nur achtzehnmal. Je größer das Lebewesen, desto langsamer.
– Und bei Kanarienvögeln?
– Tausendmal.
– Dann sind doch hundert Schläge pro Minute nicht so schlimm?
– Ich bin doch kein Kanarienvogel. Dein Rasen quälte mich ohne Unterlass.
– Mein Tumult? Mein Aufruhr? Tut mir leid. Schon damals hätte man dich und mich jener Untersuchung unterziehen müssen, die mit Sicherheit feststellt, ob ein Geburtsfehler vorliegt, oder nicht.

– Du hast Recht, mein Herz ...
– Du wolltest etwas hinzufügen?
– Dass ich an der Berliner Rudolf-Steiner-Schule zwar nicht Sport trieb, dafür aber dreimal in der Woche den seltsamsten Unterricht erhielt, der sich denken lässt: Eurythmie. Sichtbar gemachte Sprache und sichtbar gemachter Gesang. Jedem Buchstaben des Alphabets entsprechen festgelegte Bewegungen, jedem Ton der Tonleiter ebenso. In choreographischen Gruppeninszenierungen trugen Jungen wie Mädchen lange, ungemusterte farbige Gewänder und Schleier. Faszinierend peinlich. Wabernde Bewegungen in die sechs Raumrichtungen, überlagert von wogenden Gebärden der Arme, je nach Tönen, Intervallen, Lauten, in der Verknüpfung untereinander vielfach variiert ...
– Mir war nicht bewusst, dass dir diese Verrenkungen etwas bedeuteten. Sie taten mir übrigens keineswegs gut. Sie belasteten mich eher.
– Eurythmie heißt: Gleichmaß der Bewegung. Sie hätte zur Regelmäßigkeit deines Pulses führen können ...
– Sie löste das Gegenteil aus.
– Als solche war sie mir nicht wichtig, die Eurythmie, bestimmt nicht. Ich habe aber zu jener Zeit angefangen, Haschisch zu rauchen, am liebsten unmittelbar vor Unterrichtsbeginn. Felicitas und ich pafften unsere selbst gedrehten Joints in der Schultoilette. Klemmten sie zwischen Ringfinger und kleinen Finger, zur Hälfte Tabak, zur Hälfte Cannabisbröselchen, ballten die Hand zur Faust, saugten mit aller Kraft an dem Loch, das Daumen und Zeigefinger bildeten, füllten die Lungen mit Rauch – er biss in Hals und Schleimhäute, wir hielten den Atem an, Felicitas und ich, so lange wie möglich ... und endlich das heftige, hustende Ausatmen. Dann lachten, störten wir während der gesamten Stunde. Manfred,

ein sanfter Riese aus einer unfreundlichen Adoptivfamilie, der als Neugeborener im Kühlraum einer Blumenhandlung aufgefunden worden war, gesellte sich zu uns, er war unser Dealer. Ich habe ihm – unter vielen anderen Besitzstücken – Vaters wertvollen Diaprojektor verkauft. Für zehn Mark konnte man schon ein ordentliches Stück Stoff erstehen. Die Schulleitung erfuhr von unserem Treiben. Manfred wurde am selben Tag relegiert, ohne Diskussion. Mir gab man eine zweite Chance. Ein Professorenkollegium lud mich vor. Man war per Sie mit mir, in der zehnten Klasse wechselten die Lehrer über Nacht vom Du zum Sie. »Wenn Sie sich bis morgen nicht grundlegend ändern«, teilte man mir mit, »werden Sie unsere Schule verlassen müssen.«
»Ich glaube nicht«, gab ich zurück, »dass es mir gelingen wird, mich bis morgen zu ändern.«
»Dann bleibt uns leider keine andere Wahl, als Ihnen Adieu zu sagen ...«

– Jetzt bist aber du derjenige, der ausufert, nicht ich. Du hast vergessen, wie grauenhaft jene Zeit für mich war. Jeder Joint, jede Purpfeife, die du rauchtest, brachte mich zur Raserei. Jedes Mal hoffte ich: Er wird das Gift nicht noch einmal anrühren in seinem Leben. Und ein paar Tage später ging es schon wieder los.
– Wir lebten in einem kleinen Hotel im Stadtteil Dahlem, unweit der Schule, weil unsere Eltern keine Wohnung fanden, die ihnen zusagte. Dritter Stock, ich in einer winzigen Chauffeurskammer, die Eltern mit der inzwischen fünfjährigen Vivien nebenan, im geräumigen Doppelzimmer. Das Hotel Gehrhus: der Glanz von einst nur noch Fassade. Hin und wieder Modeschauen, unten, in der Halle, grässliche Polyesterware wurde da vorgeführt, in grellsten Farben. Mir konnte

es nur recht sein: Ich sah den Mannequins beim An- und Ausziehen zu, durch das große Schlüsselloch von Suite 104.

– Beim Frühstück Herr Göbel, der Oberkellner, immerhin im schwarzen Sakko und mit schwarzer Hose. Er hat dir das weich gekochte Ei serviert, und lauwarme Milch in der Silberkanne, wie Mom es wünschte.

– Dazu schluckte ich eineinhalb Aufputschpillen, aus Vaters Schreibtischlade gestohlen. Und fuhr per Anhalter in die Schule. Ich suche im Durcheinander meines Arbeitszimmers nach dem Tagebuch aus jener Zeit …

– Ich will es so genau nicht wissen.

– Es geht in erster Linie um dich.

– Eben … darum …

– Warte. Du musst dich ein wenig gedulden.

– Ich warte. Auf etwas, woran ich mit Sicherheit nicht erinnert werden möchte.

– Da ist es. In der Schuhschachtel mit den alten Fotos. Ich blättere … Ein kleines Büchlein, in schwarzes Leder gebunden.

– Sicher kein echtes Leder.

– Donnerstag, 19. März: »Mom weckt mich um vier Uhr morgens. Sie hat in einer Illustrierten eine Titelstory über Heroinsucht gelesen. Das Haschischrauchen sei Vorstufe zu härteren Sachen. Ich leugne: Ich rauche doch nicht!«

– Ehrlich warst du eigentlich nie …

– Unterbrich mich nicht.

– Pardon: Du bist, Hand aufs Herz, ohne Falsch.

– »Sie weint, zieht wieder ab. Ich schlafe nicht mehr ein. Am selben Abend im Berliner Sportpalast. Konzert Fleetwood Mac. Treffe dort auf zwei Gestalten, die ich vorher nicht kannte. Der eine geht Shit suchen. Findet. Lässt sich reichlich beschenken. Wir rauchen Purpfeife, Musik sehr gut …«

– Hör jetzt bitte auf.
– Ich versuche mich in die Situation zurückzuversetzen. Mich der Erinnerung auszusetzen.
– Das wird mir schaden.
– Du bist nicht allein auf der Welt.
– Es dreht sich alles immer nur um dich.
– Das Gleiche könnte ich von dir behaupten.
– Du könntest oder du tust es?
– Es dreht sich alles immer um dich, mein Herz. Möchtest du die Tagebucheintragung zu Ende hören?
– Nicht unbedingt.
– »… Musik sehr gut. Zunächst merke ich nicht mehr oder weniger als sonst. Von einer Sekunde zur nächsten beginnen aber die schrecklichsten Momente meines bisherigen Lebens. Effekt hundertmal stärker als je zuvor. Mein Herz rast und pocht wie nie. Wie unter Strom. Weiß nicht, was ich tun soll. Ich ängstige mich, nie wieder normal zu werden.«
– Erzähle eigentlich ich unsere Geschichte oder doch du?
– Du, mein Herz. Diesen einen Abend lese ich uns noch zu Ende vor.
– Ich flatterte. Ich schlug zweihundertmal in der Minute. Du hattest Todesangst.
– »Jener Typ, der den Stoff gefunden hat, kümmert sich um mich. Versucht mich zu beruhigen. Wir setzen uns in eine Ecke. Nach zwei Stunden lässt der Zustand langsam nach. Ich war sicher, sterben zu müssen, dort, im Sportpalast – während Fleetwood Mac ›Black Magic Woman‹ und ›My Heart Beat Like a Hammer‹ spielten. Der Unbekannte begleitet mich in einem Taxi zum Hotel, staunt, wie und wo ich wohne. Im Taxi erstmals wieder halbwegs normal. Esse und spreche mit Mom, in Zimmer 215, als sei nichts geschehen. Sie sieht mir nicht an, was ich gerade durchgemacht habe.«

3.

Zwei Wochen später verließen wir Berlin für immer. Vater war zu mehreren Filmfestivals eingeladen worden, nach Japan, nach Kalifornien. Er machte dir und mir Hoffnungen: Sobald wir nach Europa zurückkehren, übersiedeln wir nach Paris. Ein französischer Produzent wünschte sich eine engere Zusammenarbeit mit John Stein. Paris! Ich hüpfte vor Freude.
Ein kleines, in Silberpapier gewickeltes Stück Haschisch steckte immer in deiner Jeanshemd-Tasche, rieb über mir, neben mir gegen deine linke Brustwarze. Es war das Jahr vor der Einführung von Metalldetektoren auf den Flughäfen der Welt. Trotzdem versetzte dich jede Pass- und Zollkontrolle in Panik.
Auf dem Flug nach Tokio, Mutter und Vivien schliefen, flüsterte Vater: »Sie weiß alles. Sie hat dein kleines schwarzes Tagebuch gelesen. Du hast es wohl nicht besonders gut versteckt. Beinahe täglich liest sie darin. Sie hat große Angst um dich, insbesondere deines Herzens wegen.« Ein Glück, dachte ich damals, und ich denke auch heute noch so, dass Mom dein Tagebuch gelesen hat. Ihre Indiskretion hat mir womöglich das Leben gerettet.
In Osaka, auf dem Gelände der Weltausstellung, hast du in einem kleinen Park vor dem kanadischen Pavillon eine Siebzehnjährige aus Ottawa zum Kiffen angestiftet. Ihr wurde schrecklich schlecht. Ich weiß noch, wie sie hieß: Jinny. Du wolltest sie küssen, sie lief dir davon. Ich trommelte wieder – wild wie im Sportpalast.

– Du scheinst von jenen Engeln beflügelt, von denen Gershom Scholem zu sagen pflegte: Es gibt eine Teufelsart, die dafür zuständig ist, dass wir uns Millionen Unwichtigkeiten merken

müssen, das Wichtige aber vergessen. Also: Was geschah nach meinem missglückten kanadisch-japanischen Kussversuch?
– Jetzt bin ich aus dem Takt gebracht.
– Du wirst ihn wiederfinden.

Wir haben Japan geliebt, du und ich, obwohl wir mit unseren nervenaufreibenden Eltern und der weinenden, hungrigen, durstigen, schon damals ewig unzufriedenen Vivien reisten. Die Weltausstellung, und Tokio, Kyoto, Hiroshima, Kobe. Das kleine Landgasthaus in den Bergen, nahe Koguchi, wo die alte Wirtin im durchlöcherten Kimono das Fleisch mit Tannennadeln abgebraten hat, auf einem winzigen Gasbrenner – neben den Tatamis, auf dem Schlafzimmerboden hockend. Ich spüre den Duft noch heute um mich, wie einen Gedankenmantel.
Weiterflug nach Amerika, Vater nahm in Santa Barbara an Tagen des politischen Films teil. Wir wohnten unter hohen Palmen, am hellen Strand. Als du am ersten Abend das Restaurant des Luxushotels »Biltmore« betratest, in deinem Jeans-Anzug und mit den schulterlangen, wenn auch seidig gewaschenen Haaren, deiner Freak Flag, wurdest du vom Maitre d'Hôtel sofort abgewiesen: »No way!« Du bliebst stumm. Warst du feige oder nur eingeschüchtert? Deine Stille hat mich enttäuscht, das weiß ich noch. Die Eltern hingegen stritten mit dem Personal. Festivalteilnehmer umringten uns, wollten wissen, was denn geschehen sei. Ich schlug mit voller Kraft gegen dein Brustbein, ich raubte dir den Atem. Ich zwang deinen Oberkörper in die für dich so typische Haltung des Gebeugten, des Geschwächten. Der Disput eskalierte. Eine ältere Frau mischte sich ein, ihre Stimme gefiel mir sofort.

– Das hatte ich ganz vergessen.
– Alles, was wir jemals erlebt haben, du und ich, bleibt in mich eingeschrieben, wird dort aufbewahrt bis zum Tag unseres Todes.
– Und die Dame? Wer war sie?
– Elisabeth Mann Borghese, Meeresforscherin, Umweltschützerin der ersten Stunde. Thomas Manns Lieblingstochter lebte seit Jahrzehnten in Santa Barbara, sie verlangte den Hoteldirektor zu sprechen. Er ließ sich verleugnen.
– Was hat das mit unserer Geschichte zu tun?
– Nicht alle Wege führen zum Ziel. Ungeduld macht krank.
– Ich gedulde mich.

Madame Borghese meinte: »Einfach an einen der Tische setzen und kühl lächelnd zu essen bestellen.« Unter der Bedienung herrschte Unruhe, keiner wusste, wie er sich zu verhalten habe, alle wandten sich zum Oberkellner und zum Maître d'H. um. Du wurdest satt, an jenem Abend. Von den Nebentischen kamen die Leute und brachten dir, was du nur wünschtest. Am nächsten Morgen Übersiedlung in eine Ranch hoch über der Bucht von Santa Barbara. Ein paradiesischer Ort. Die Mehrzahl der Festivalteilnehmer verließ aus Protest gegen deinen Beinahe-Hinauswurf das Hotel, einige brachte Elisabeth in ihrem Haus unter, andere zogen zu dir und deinen Eltern, nach Montecito, in die San Ysidro Ranch. Der Duft nach Orangen- und Zitronenblüten auf dem Hügel dort!
Ein Freiluftkonzert in Montecito, auch hier warst du eingeraucht, während Jethro Tull live spielten. Du hast immer nach Gras- und Hasch-Rauchern gesucht, erinnerst du dich? Überall, auf Schritt und Tritt. Und hast sie immer gefunden, die damaligen Deinesgleichen. Du teiltest ein kleines Stück

vom Haschisch-Eck, das du in der Jackentasche trugst, bist im Schneidersitz in der Wiese gesessen und warst selig. Nicht zuletzt, weil ich dir ausnahmsweise Ruhe gab. Der Rauch der Purpfeife hat dich zu permanentem Gelächter verführt. Ein Wunder, dass unsere Eltern dich gewähren, dich je aus den Augen ließen, in der Zeit meiner so häufigen Attacken.
Der Besuch im Haus Stefan Lackners, am weißen Strand von Santa Barbara. Vaters Freund besaß die größte Sammlung der Gemälde Max Beckmanns, den er als Halbgott beschrieb, als Teufel zugleich. Du bist dort im Wohnsalon gesessen, Beckmanns Werke umringten, umzingelten dich, du wusstest oben und unten nicht mehr zu unterscheiden.

– Du verzettelst dich, mein Herz. Gibst jeder Regung nach. Du ähnelst meiner Mutter. Du ähnelst meiner Schwester. Du ähnelst den Frauen.
– Ich bin das Weibliche in dir, an dir, natürlich bin ich das.
– Du bist ein Dybbuk, der mir innewohnt, der mich beißt, der mich quält und ängstigt, der mir niemals Frieden lassen wird.
– Erst seit ich begonnen habe, dir unsere Geschichte zuzumurmeln, begreife ich, warum wir bis heute so selten im Einklang waren, du und ich.
– Wir sind Feinde und Verbündete zugleich.
– Nein: Ich bin dein Doppelgänger.

4.

Der Filmproduzent, der mit Vater zusammenarbeiten wollte, fuhr wenige Tage nach unserem Abflug aus Europa mit seinem Cabriolet eine Küstenstraße in Monaco entlang und stieß frontal mit einem Reisebus aus Luxemburg zusammen. Er war sofort tot. Wir übersiedelten nicht nach Paris.

Wir zogen nach Salzburg – in jene Stadt, von der es heißt, sie beherberge mehr Nationalsozialisten als Einwohner. Salzburg wurde unsere neue Heimat: die tiefste Provinz. Wie konnte das geschehen? Vaters Großmutter väterlicherseits stammte aus Werfenweng, einem Ort unweit der Stadt, er besuchte sie dort jeden Winter seiner Kindheit, hatte zu Salzburg und Umgebung immer ein schwärmerisches Verhältnis. In einer kühlen, dunklen, mittelalterlichen Kopfsteinpflastergasse zeigte er auf ein Gebäude, dessen Fenster im Sonnenschein blitzten. »Mammi«, sagte er zu Mom, er nannte sie immer Mammi, als sei sie seine und nicht deine und meine Mutter, »wenn du es schaffst, dass wir diese Wohnung mieten oder kaufen können, die dort, ganz oben, schau, die vielen Fenster, im obersten Stock, siehst du sie?, sicher mit Altstadtblick, wenn du es schaffst, dass wir die kriegen, dann ziehe ich dir nach Salzburg.« Innerhalb von drei Tagen hatte sie die zuständige Maklerfirma ausfindig gemacht. Die Wohnung stand leer. Sie unterschrieb den Mietvertrag, verständigte das Möbeldepot in Wien, die dort seit Jahren gelagerten Habseligkeiten nach Salzburg zu überführen. Die Wohnung war mit Sicherheit die schönste, die du je gesehen hattest. Aus den Salonfenstern ging der Blick auf große Teile der Stadt, auf den Dom, die Feste Hohensalzburg, die Salzach mit ihren Brücken. Sie lag im vierten Stock eines Altbaus, das Haus schmiegte sich an den Rand des Kapuzinerbergs. Man fuhr mit dem Aufzug in

die oberste Etage, ein kühler, mit weiß-braun-rötlich gemustertem Adneter Marmor ausgelegter Korridor führte zu einem Garten, der allein zu dieser Wohnung gehörte, mit Obst- und Zierbäumen, Tulpen- und Rosensorten aller Art. Ein Ort, der gleichsam über der Stadt schwebte. Der Himmel auf Erden, wie ihr immer gesagt habt, ohne zu übertreiben.
Berlin war ja nicht nur verlassen worden, weil der Filmproduzent Vater ein Angebot gemacht oder weil man dich der Schule verwiesen hatte; Berlin war auch verlassen worden, um zu verhindern, dass du tiefer, immer tiefer in den Drogensog gerietest. Mutter phantasierte, du würdest die Schulzeit nun ohne weiteren Marihuana- und Haschischkonsum abschließen, nicht länger der Gefahr ausgesetzt, zu Rauschgift überzugehen. Sie wollte vor allem mich schonen. Was aber war dein erster Schritt, als wir in Salzburg ankamen? Du hast nach Deinesgleichen Ausschau gehalten – und nur nach ihnen. Bist in der ganzen Stadt herumgelaufen, auf der Suche nach Langhaarigen, Buntgekleideten. Getreidegasse, Domplatz, oben auf dem Festungsberg, dahinter, im Nonntal, überall hast du nach ihnen gefahndet. Auf allen Stadthügeln und in allen Gassen warst du auf der Suche nach Shit-Rauchern. Am zweiten Tag deiner Erkundungen bist du endlich auf sie gestoßen: Sie saßen am Ufer der Salzach in kleinen Gruppen beieinander und rauchten Gras. Aus ihren Kassettenrecordern dröhnten Jethro Tull, Cream, The Doors, Fleetwood Mac. Du hast dich neben sie gesetzt und wurdest sofort Teil von ihnen. Du hast in Salzburg im Grunde viel öfter und viel hingebungsvoller gekifft als je in Berlin. Die Übersiedlung erwies sich als vollkommener Fehlschlag. Meine Furcht vor neuen Angstattacken wurde größer, ständig größer. Du hast nun nichts mehr in Tagebüchern festgehalten. Man merkte dir nicht an, dass du ein Gefährdeter warst.

Einmal hast du sogar als Dealer deiner Salzachufer-Lemuren dein Glück versucht. In der Salzburger Wohnung befand sich – in die Wand des Speisezimmers eingelassen – ein kleiner Safe aus dickem, beigem Stahl. Der vielzackige Schlüssel war rasch gefunden, er lag in der Küchenlade neben den toten Batterien, dem Nähkästchen, der zerbrochenen Taschenlampe. Du hast den Safe aufgeschlossen, fandest neun Tausend-Schilling-Scheine. Unsere Eltern waren keineswegs wohlhabend, doch sie wussten sicher nicht, wie viel in ihrem Safe genau lag. Du nahmst dir einen einzigen Schein, damals eine atemberaubende Summe, so kam es dir jedenfalls vor.

– Der Gegenwert – es ist zum Lachen – beliefe sich heute auf zweiundsiebzig Euro.
– Möchtest du diesen Moment aus unserem Leben nacherzählen?
– Das würde dich nicht stören?
– Deine Zufriedenheit, dein Wohlergehen sind mir höchstes Gebot.
– Das war nicht immer so.
– Erzähle du, ich höre dir zu.
– Ich legte den Schlüssel zurück in die Lade, fuhr am darauffolgenden Wochenende für einen Tag nach München, eineinhalb Eisenbahnstunden von Salzburg entfernt. Redete meinen Eltern ein, ich müsse mir im Haus der Kunst die große Max-Beckmann-Retrospektive ansehen.
– Merkst du den Unterschied? Sobald du erzählst, sprichst du immer nur von dir.
– Du doch ebenso, von Anfang an.
– Wenn ich erzähle, spreche ich fast immer von uns, zumindest sobald wir beide betroffen sind. Du bist nicht allein auf der Welt.

– Darf ich fortsetzen?
– You're the boss.
– Nenne mich nicht so, ich habe viele Jahre meines Lebens als dein leidender Sklave verbracht.
– Du übertreibst. Wie immer.
– Es gibt Menschen, die gesund auf die Welt kommen und bis an ihr Lebensende gesund bleiben. Bis sie achtzig oder neunzig sind. Vivien gehört zu diesen Menschen.
– Wir sind eben anders.

Am Münchner Hauptbahnhof angekommen, wechselte ich meine Schillinge in D-Mark um. Lief zur Leopoldstraße, suchte im Café »Capri«, einer relativ preisgünstigen Drogen-aller-Art-Zentrale, nach dem nächstbesten Dealer. Er hieß Edi, ein Tiroler, der mir zur Begrüßung zurief: »Hascht a Hasch, bischt der King.« Die von mir für einhundertundfünfzig Mark erstandene Ware war immerhin handtellergroß. Ich verpackte den Stoff in Stanniolpapier, schob ihn in die Unterhose und bestieg den nächsten Bummelzug Richtung Österreich. Bis in die frühen neunziger Jahre war Salzburg Grenzbahnhof, die Zoll- und Passkontrolle wurden in der Mitte der Bahnhofshalle vorgenommen. Ich musste mir etwas einfallen lassen, um meinen Kauf über die Grenze zu schmuggeln. Mit Leibesvisitationen war durchaus zu rechnen, insbesondere bei langhaarigen Jugendlichen. Ich leerte eine Cola-Dose, brach das Shit-Stück in der Zugtoilette in vier Teile, verpackte sie sorgfältig in frische Alufolie und ließ sie in der Dose verschwinden. Einige Minuten vor der Einfahrt in den Salzburger Hauptbahnhof öffnete ich das Abteilfenster und warf sie in hohem Bogen auf die Bahntrasse, prägte mir das Zinshaus, in dessen Nähe sie gelandet sein musste, sehr genau ein.

»Host an Schuss?«, ließ sich mein Gegenüber vernehmen, ein Mann im besten Alter, seine Wehrmachts-Vergangenheit war ihm deutlich ins Gesicht geschrieben. »In Österreich werf' ma kane Dos'n aus'm Fenster!«
»Sie haben vollkommen Recht«, gab ich zurück. Er blieb stumm.
Der Zug fuhr in die Station ein. Ich wurde durch den Zoll gewunken, mein amerikanischer Pass keines Blickes gewürdigt. Ich lief zur Stelle, die ich mir gemerkt hatte, Wallnergasse Ecke Gaswerkgasse, du hast wild gepocht, wie so oft in jener Zeit, ich kletterte den Bahndamm hoch … und suchte, suchte. Ich fand zehn, zwanzig, dreißig identische Coladosen, drehte sie alle um, steckte den Zeigefinger, den Mittelfinger in ihre Öffnungen, riss mir Schnittwunden. Alle Dosen waren leer. Ich kämmte den Bahndamm ab, hin und her, auf und ab, es war alles umsonst. Ich habe meine Ware niemals wiedergefunden. Kehrte spät nachts nach Hause zurück, beide Zeigefinger, beide Mittelfinger mit breiten Pflastern verklebt. Vivien wachte auf, als ich in mein Bett schlüpfte, wir teilten das viel zu kleine Kinderzimmer. Sie war gerade sechs Jahre alt geworden. Sie flüsterte: »Du bist ein Räuber. Du bist ein böser Mann. Ich weiß es. Ganz sicher.«

5.

– Greifst du den Erzählfaden bitte wieder auf, mein Herz?
– Sei nicht so freundlich zu mir. Das passt nicht zu dir.
– Erzähle von meinem Fremdgefühl in jener Zeit.
– Lässt du mich entscheiden, was ich erzähle und wann ich es erzähle?
– Du entscheidest. Mein Leben liegt in deiner Hand.

– In meiner Hand?
– In deinen vier elektrischen Kammern.

Kaum setzte die Dämmerung ein, nahm eine flatternde Benommenheit, eine tiefe Beklommenheit von dir Besitz. Sickerte allabendlich in die Glieder, in die Zellkerne ein. Je dunkler der Salzburger Himmel, desto deutlicher das Empfinden grenzenloser Verlassenheit. Ein Sinneseindruck, der dich und mich über die Ränder der Verzweiflung stieß. Im Herbst, wenn es schon um vier, um fünf Uhr nachmittags zu dunkeln begann, konntest du dich oft kaum aufrecht halten, strecktest dich im Kinderzimmer auf dem schmalen Bett aus. Bliebst reglos, bis der Schlaf uns beide, dich und mich, erlöste.
Es ähnelte einer Besenkammer, dieses Zimmer, immer dunkel. Der Blick aus dem sehr kleinen Fenster ging auf den Garten. Du und ich, wir mochten den Zwiebelgeruch der Tulpenwurzeln. Den Erdduft nach dem Regen. Hättest du das Zimmer wenigstens für dich allein gehabt!

– Unsere Eltern hielten uns wie Hamster, die sich einen Käfig teilen.
– Der Saxophonspieler Mario, ein Freund aus Boston, der sein Dasein als erfolgloser Jazzmusiker fristete, schenkte dir eine Aufnahme des Klavierkonzerts No. 2 von Sergei Rachmaninow. »Sobald du diese Platte auflegst«, versprach er dir, »geht es dir besser.«
– Das Gegenteil geschah. Höre ich die ersten Takte dieses Konzerts, versinke ich noch heute augenblicklich in demselben Entsetzen wie einst. Das Einzige, was in jener Zeit Linderung brachte, waren die Abendnachrichten im Fernsehen. Richard Nixons Besuch in China, das Bankett in der Halle des Volkes, zeitverschoben auf kleinstem Bildschirm und in

Schwarzweiß mitverfolgen zu können (Rund-um-die-Uhr-Nachrichtensendungen gab es damals noch lange nicht), das allein wirkte wie Balsam.

– Rückblickend weiß ich allerdings, dass deine Zustände auch ganz andere Gründe hatten.

– Die Liebe?

– Den Mangel an Liebe. Deinen fehlenden Mut, ein Mädchen, eine Frau zu verführen.

– Je heftiger eine Frau an mir hing, je mehr Liebesworte sie mir zuflüsterte, desto entschiedener zog ich mich zurück.

– Felicitas, Ulrike, Dorothea, Sylvia, Fanny, immer geschah das Gleiche. Wildes Küssen. Die Mädchen hofften auf mehr. Je mehr sie hofften, desto scheuer wurdest du.

– Bis Fred in mein Leben trat.

– Wir müssen eine Pause einlegen, bevor wir von Fred erzählen.

– Ich bin nicht hungrig.

– Aber ich bin es, du rücksichtsloser Mensch. Dein Blut und ich ... wir brauchen Nahrung.

– Wohin willst du gehen?

– Ins Ecklokal natürlich.

– Ins Ecklokal?

– Tu nicht so scheinheilig.

– Du glaubst, sie wird dort sein?

– Ich weiß es. Ich spüre es. Gehen wir.

Farah

Da sitzt sie. Du hast Recht gehabt. Wie beim letzten Mal: Allein. Isst wieder Pommes Frites mit Mayonnaise. Wie ungesund. Das Essen ist hier so schlecht. Ich will nicht bleiben. Die Postbotin hebt den Kopf. Sie strahlt ihr unvergleichliches Lächeln aus. Dieses offene Gesicht. Dunkelbraune Augen, die mich mustern als meinten sie mich damit.

– Sie meinen dich damit. Setz dich zu ihr!
– Das geht nicht.
– Das geht nicht? Setz dich.
– Ich bin … viel zu scheu.
– Verzeih, aber darüber muss ich lachen. Setz dich!

»Je peux?«
»Avec plaisir.«

– Siehst du. War das so schwer? Warte. Einen Moment. Sie wird dich gleich ansprechen.

»Vous allez bien?«, fragt die Postbotin. Das fragt sie jedes Mal, manchmal zweimal hintereinander, wenn wir uns wiedersehen. Ihre Stimme klingt nach Gesang und Müdigkeit. Sie greift nach ihrer Uniformjacke, will sie schon fort?
»Merci, ça va.«
»Ça va bien?«, will sie erneut wissen, nachdem ich bestellt habe.

– Antworte ihr!
– Ich habe ihr doch schon geantwortet.

– Erzähle ihr etwas aus unserem Leben. Das liebt sie. Alles, was mit uns zu tun hat, interessiert sie.

»Vous avez commencé?« fragt sie.

– Sie meint, ob du begonnen hast, unsere Geschichte aufzuschreiben. Antworte ihr doch.

»Oui … j'ai commencé …«
»Vous l'écrivez en français?«
»Non, en allemand. Mais ma langue préferée, c'est l'anglais …«
»Je ne comprends ni l'allemand, ni l'anglais …«

– Jetzt lächelt sie wieder, stimmt's? So schön ist dieser milde Blick, er lässt alles um sie herum erstrahlen.
– Du kannst sie doch nicht sehen! Süßholzraspler …
– Ich sehe alles.

Vor drei Wochen läutete sie zum ersten Mal an der Wohnungstür. Ihr Vorgänger, Monsieur Rudolfo aus Turin, war in Pension gegangen. Sie stellte sich vor: »Bonjour, je m'appelle Farah … Comment allez vous?«
»Wie Farah Diba, die Frau des Schah von Persien?« Sie wusste nicht, wovon ich sprach, die neue Postbotin. Da war auch schon dieses unglaubliche Strahlen ihrer Augen. Ihr zierlicher Leib, die schmalen Schultern, das lange, dichte, schwarz gekräuselte Haar. Zwei Tage später kam sie wieder, grundlos, und drei Tage später mit einem Einschreibebrief: Eine Anwaltskanzlei nahe Lyon drohte mit hohen Prozesskosten, sollte die ausstehende Automobilversicherungssumme für das erste Halbjahr nicht endlich bezahlt werden. Bei diesem

dritten Besuch bat ich sie, einen Moment das Vorzimmer zu betreten, während ich das Bestätigungsblatt der Post unterschrieb. Ich gab ihr Trinkgeld. Sie lehnte ab. Ich drängte es ihr auf. Sie steckte es ein. »Quel bel apartement!«, hauchte sie, »so eine schöne Wohnung.«
»Aber Sie stehen doch im Vorzimmer, wie wollen Sie das wissen?« Das sehe man doch gleich, entgegnete sie. Als sie das vierte Mal auftauchte, ließ ich sie das Wohnzimmer betreten, bot ihr etwas zu trinken an. »Hätten Sie vielleicht einen frisch gepressten Orangensaft?« Ich ging in die Küche, presste drei Orangen aus. Sie stand in der Wohnzimmermitte, in ihrer hässlichen blauen Uniform, und trank lächelnd den Saft. »Es ist so schön hier. Man schwebt über den Dächern.«
»Sie können gerne ein bisschen bei mir bleiben.«
»Nein, danke, ich muss meine Route fortsetzen!«
Beim fünften Besuch nahm sie im Wohnzimmer Platz, trank frisch gepressten Orangensaft, erzählte von ihrer Herkunft. Sie entstammte einer Berber-Familie aus Kabylien, war in einem Dorf des algerischen Dschurdschura-Gebirges zur Welt gekommen und als Zehnjährige mit ihren Eltern und fünf Geschwistern nach Frankreich ausgewandert. »Die Berge dort sind mit lichten Wäldern von immergrünen Korkeichen, Kiefern und Wacholder bedeckt. Im Tal stehen Olivenbäume. Manchmal kehre ich im Herbst in die Heimat zurück und helfe meinen Verwandten bei der Olivenernte. Danke für den Orangensaft. Ich muss weiter. Leben Sie hier eigentlich alleine?«
Danach blieb sie über eine Woche lang fort. Legte die Post in den Briefkasten, kam nicht mehr in den sechsten Stock. Unsere nächste Begegnung fand zufällig statt, hier, im hässlichen Dönerlokal. Sie saß über einen Teller Frites mit Mayonnaise gebeugt. Es war drei Uhr nachmittags, sie hatte ihren Arbeits-

tag beendet. Ich fragte: »Warum haben Sie mich nicht mehr besucht?«
»Ich lebe nicht allein. Ich komme aus einer Familie, in der die Eltern den Mann aussuchen, den man heiratet. Man geht die Ehe ohne Widerrede ein.«
»Kein Grund, nicht mehr an meiner Tür zu läuten ...«
»Da haben Sie schon Recht. Ich möchte so viel über Sie wissen. Ich bin sehr neugierig, wer Sie sind. Woran arbeiten Sie zurzeit? Ich bin nämlich eine begeisterte Leserin, auch wenn Sie das von mir nicht annehmen mögen. Ich kenne die Weltliteratur. Ich lese und lese, so viel wie möglich.« Sie seufzte tief. Und dann kam jener Satz, über den ich mich wunderte, über den ich immer noch nachdenke, Wochen nachdem sie ihn ausgesprochen hat: »Mieux avoir remords que regrets: Gewissensbisse sind besser als sich Vorwürfe zu machen, man habe etwas versäumt.« In dem Moment erwachte deine Hoffnung, mein Herz: Sie könnte bereit sein, unsere Geliebte zu werden.

– Ich glaube nach wie vor, dass es uns gelingen wird, sie zu erobern. Wenn du dein Glück nicht versuchst, lege ich dir einen Satz in den Mund, den du ihr zuraunen wirst.
– Und was dann? Dann erschlägt mich ihr Ehemann. Oder ihre Verwandten schneiden mir die Gurgel durch.

»Pardon? Vous dites?« Farah sieht mich fragend an.
»Ich habe zu mir selbst gesprochen.« Und dann strömt ein Satz aus mir hervor, der mich überrascht: »Haben Sie Lust, mit mir einen kleinen Rundgang zu machen, morgen Nachmittag, sobald Sie mit der Arbeit fertig sind?«

– Du hast es geschafft ...

»Mon coeur est pris, Monsieur«, entgegnet die Briefträgerin – ihr Herz sei vergeben.

– Gib nicht auf! Das will nichts heißen. Ich kenne mich aus. Gib nicht auf!

»Morgen Nachmittag. Jardin des Plantes. Mein Lieblingsort in dieser Stadt ...«
Sie sieht von ihrem Teller auf. Ihr Blick schießt durch meine Knochen hindurch. Durch Mark und Bein. Zärtlich, traurig, sanft, bestimmt ist dieser Blick, klug und rätselhaft. Sie nickt? Sie schüttelt den Kopf. Morgen ganz sicher nicht. Nächste Woche ... vielleicht.

– Fabelhaft! Sag ihr, wie froh du darüber bist. Leg einen Tag fest. Rasch!

»Ich freue mich. Montag? Ich hole Sie hier ab, um halb vier.«
Ich habe in meinem Leben kein ähnliches Lächeln gekannt. Schon gar nicht im Kino.
»Vous avez des enfants?« Sie will wissen, ob ich Kinder habe.

– Sag ihr die Wahrheit.

»Zwei erwachsene Töchter. Margret und Melissa.«
»Ici, à Paris?«
»Nein, beide leben in New York. Margret ist achtzehn, sie will zur Filmschule gehen. Melissa, die Erstgeborene, studiert Medizin, um Kinderärztin zu werden.«
»Quel âge a-t-elle?«
»Vingt-trois ans.«

»Et votre femme? Elle est où?« Sie will wissen, wo Catherine ist.

– Ich habe verstanden. Ich verstehe dieselben Sprachen wie du. Und ebenso gut wie du.

»Meine Frau? Ist weit weg. Sie arbeitet am Aufbau eines Museums in Beijing mit. Ein Museum für moderne Kunst. Finanziert von einem belgischen Mäzen.«
»Ça ne me dit rien.« Sie kann damit nichts anfangen. »C'est un autre monde ...«

– Ich hätte ihr auch nicht so exakte Informationen gegeben. Wozu?

Sie steht auf. Bezahlt ihr Essen. Sie will nichts mehr mit mir zu tun haben.

– Unsinn!

Sie dreht sich zu mir um: »A lundi, alors.«

– Siehst du!

Kleine Schweißausbrüche auf meiner Brust, meinen Schultern, meinem Bauch. Ich habe Angst vor der eigenen Courage. Sie wartet am Montag Nachmittag auf mich, hier, in diesem hässlichen Lokal.

– Sie wartet auf uns.
– Musst du immer das letzte Wort haben?

Murmeln

1.

– Wie den Faden der Erzählung wiederfinden, nach solcher Ablenkung? Wo haben wir vor der Unterbrechung gehalten?
– Wir sprachen vom Mangel an Liebe. Von deinem fehlenden Mut, eine Frau zu verführen. Fred trat in dein Leben, damals, als du noch jungfräulich warst.
– Jungmännlich ...
– As you wish.

Fred Hermann, arbeitsloser Schauspieler, ein Jahrzehnt älter als du und ich, Sohn einer Salzburger Mutter und eines Vaters aus Kentucky, in den Staaten aufgewachsen, kam nach drei Jahren Militäreinsatz aus Vietnam zurück. Er hatte als Hubschrauberpilot Verwundete und Sterbende aus den Kampfzonen geholt, war nicht selten in Lebensgefahr geraten. In der Hoffnung, sich von den Kriegserlebnissen zu erholen, besuchte er seine in der Nähe von Salzburg lebende Mutter, Besitzerin einer der größten Brauereien Österreichs. Du bist ihm eines Abends an Frau Hermanns Stammtisch im Gasthof Eder begegnet, im Stadtteil Parsch. (Du kanntest Liselotte Hermann, ihr jüngster Sohn ging mit dir in eine Klasse.) Fred erzählte von seinen Helikopterflügen und von Scharmützeln mit Vietkong-Kämpfern, woraufhin du ihn als Mörder beschimpftest. Er musste lachen. »Me? A killer? I saved people's asses.« Ihr wurdet Freunde. Freunde ist allerdings ein harmloses Wort für das, was dann folgte. Als du ihm gestanden hast, jungmännlich zu sein, lachte er dich aus. »Mit achtzehn Jahren? Noch nie ...? Da muss ja sofort etwas geschehen. Ich werde dich retten ...« Ihr kehrtet nach einem ausgedehnten, sommerlichen Sonntags-Picknick in die Stadt zurück, in einem dieser Salzburger Oberleitungsbusse, welche die für ihren Antrieb benötigte Elektroenergie aus über den Straßen gespannten Fahrleitungen beziehen. Nahe der Staatsbrücke blieb der große Bus ruckartig stehen. »Stangenentgleisung!« rief der Fahrer, die Stromabnehmer waren aus den Leitungen gerutscht. Der Chauffeur stieg aus, um die beiden Stangen mit dem am Heck des Busses angebrachten Fangseil wieder in die Fahrleitung einzufädeln. Fred nutzte den Augenblick, um eine dunkelhaarige Frau anzusprechen, die gedankenverloren nahe der Tür lehnte. Sie antwortete in gebrochenem Deutsch, ihre Muttersprache war Französisch. Eine Studentin der Veterinärmedizin. Fred stellte dich ihr vor, »mein engster Freund«, und: »Er sucht ganz, ganz dringend eine Freundin. Glauben Sie mir, Sie würden sich belohnt fühlen, wenn Sie sich mit ihm einließen!« Die Unbekannte kritzelte ihre Telefonnummer auf den Busfahrschein und reichte dir das Ticket. Fred dankte ihr mit einem Kuss auf die Wange.

– Das kann doch so nicht verlaufen sein.
– Es war so. Genau so.
– Wie peinlich.
– Dir ist immer alles peinlich.
– Dir doch auch ...?
– Im Gegenteil.
– Und dann? Was geschah dann?
– In Alix' kleiner Wohnung roch es schimmelig. Ein Dutzend Mäuse, graue, schwarze, weiße Mäuse, rannten da in Treträdern vor sich hin. Ihr küsstet euch kaum, Alix und du, während du dein Ziel angesteuert hast.

– Der Gestank im Schlafraum, die ausgeleierte Matratze auf dem schmutzverkrusteten Boden! Das sommersprossenbedeckte Mädchengesicht, ich schloss die Augen, ließ meine Erregung ihren Weg suchen und finden. Ohne Freude, zunächst. Nur Scham, nur Zögern.

– Aber dann begannen sie ja doch, deine Verrenkungen, deine rhythmischen Bewegungen, in meinem Takt, und im Rhythmus der Räder, in denen die Mäuse um ihr Leben liefen.

– Meine erste Nacht in den Armen einer Frau, die nicht meine Mutter war. Dieses Weichnasse, Durchwärmte, das meine Erregung umschloss und liebkoste! Ich musste achtzehn Jahre warten, bevor sich mir der Höhepunkt des Daseins erschloss ... Ich verstand, warum man geboren wird. Um solche Erregungsschauer erleben zu dürfen.

– Zu lieben ist der Grund, warum man geboren wird.

– Ich habe Alix nicht geliebt! Aber es war ... phänomenal. In sie einzutauchen.

– Wie das klingt!

– Wie klingt es denn?

– Ursachlos ... mechanisch ...

– Vielleicht ist es das – wenn man nicht liebt. Göttlich ist das Gefühl trotzdem: in das Verschlingen hinein.

– Phänomenal, wie du es nennst ...

– Von den Haarspitzen bis in die Fersen, für den ganzen Leib!

Am Morgen danach erzählte sie dir von ihrer Kindheit in Marokko. Sie war als Tochter eines französischen Armeegenerals auf dem Grundstück eines Militär-Camps aufgewachsen. Als du am Vormittag nach deiner ersten Liebesnacht nach Hause kamst, lag unsere geliebte Mutter im verdunkelten Schlafzimmer – unansprechbar. Sie dämmerte vor sich hin wie eine

Schwerverwundete. Sie wusste alles. Unsere betrogene, zu Tode verletzte Mom.

– Augenblick. Es läutet.
– Ich höre, dass es an der Tür geläutet hat, ich bin nicht taub. Ich hoffe, sie ist es?
– Federal Express.
– Wie schade. Sicher für Catherine.
– Du warst einmal in Catherine sehr verliebt, mein Herz.
– Ich habe sie immer noch ... sehr lieb.
– Das ist etwas anderes. Bonjour, Moment, ich muss unterschreiben ... Voilà ... Au revoir, Monsieur. Wie du vermutet hast: An Catherine Malamud, Museumsdirektorin. Ein Museumskatalog. Zentnerschwer.
– Seit wann ist eine Fundraiserin Museumsdirektorin? Stört es dich nicht, dass sie ihren Mädchennamen beibehalten hat? Dass sie nicht einmal daran denkt, deinen Namen anzunehmen?
– Stört mich nicht.
– Wie lange bleibt sie in China?
– Das fragst du mich jeden Tag, seit sie fort ist. Was ist los mit dir?
– Noch zwei Monate ungefähr?
– Erzähle weiter ... wo waren wir stehen geblieben?
– Unsere betrogene, zu Tode verletzte Mom ... dämmerte vor sich hin ...

Du ahnest nicht, dass Fred ein einziges Ziel vor Augen hatte, als er dich im Oberleitungsbus mit Alix verkuppelte. Er achtete gewissenhaft darauf, dein erstes Liebeserlebnis möge unbedingt mit einem Mädchen geschehen. Sehr aufmerksam von ihm, findest du nicht? Sobald er aber erfuhr, dass sein

Plan aufgegangen war, setzten bereits seine ersten Umgarnungskünste ein. Er lud dich in Edelrestaurants an den Ufern der Salzkammergutseen ein, er streichelte deine Wangen. Seine schöne, kräftige, warme Hand blieb wie zufällig auf deinen Schenkelinnenseiten liegen. Er zerrte uns schließlich in das nach Lavendel duftende Doppelbett seiner geschiedenen Eltern. Er führte deine Fingerspitzen an sein pochendes Geschlecht.

– Ich bin aufgesprungen, wie von der Tarantel gestochen.
– Davon kann keine Rede sein.
– Was ist geschehen?
– Hast du's wirklich vergessen? Das kann doch kaum sein?
– Nimm mir diesen Teil der Erzählung ab.
– Du hast ihm erlaubt, deinen samtenen Schwanz tief in den Mund zu nehmen.
– Du träumst ...
– Und zugleich hast du seine harte, heiße Rute bearbeitet. Bis ihr beide zugleich gekommen seid.
– Ganz sicher nicht!
– So ist es gewesen. So wahr ich im regelmäßigen Rhythmus schlage.
– Hör sofort auf!
– Zu schlagen?
– Zu phantasieren!

Es sollte nicht lange so weitergehen, du hattest bald von der schwulen Liebe mehr als genug. Nach einer für mich viel zu anstrengenden Wanderung über das Steinerne Meer, während der du Fred mitgeteilt hattest: »Wir hören auf. Ich kann nicht mehr. Es ist aus«, warf er dir einen schweren Bergschuh an den Kopf. Du bist umgekippt nach dem Schuhwurf, der

Schmerz an der Schläfe war heftig, du hast sogar einen Augenblick lang das Bewusstsein verloren, musstest danach aber laut auflachen, was deinen Verehrer noch wütender machte. Du wirst ihm immer dankbar sein – ohne seinen Beistand hätte es noch Jahre gedauert, bevor du es gewagt hättest, dich einer Frau zu nähern. Aber auch mit Alix gab es nach fünf, sechs Nächten keine Fortsetzung mehr. Die fehlende Liebe zwischen euch wurde doch mehr und mehr zum Hindernis. Und du musstest dich mit aller dir verbliebenen Kraft auf den Schulabschluss vorbereiten, bist von einer Nachhilfestunde in die nächste gelaufen. Immer müde, immer außer Atem. Weiterhin mit meinem konstant spürbaren Hämmern in der Brust, und mit jener Beklemmung jeweils in der Abenddämmerung.

Damals, die Eltern waren für wenige Tage verreist, und Vivien war in London bei unserem Onkel William zu Besuch, rauchtest du nach Einsetzen der Dunkelheit in deinem Besenkammerzimmerchen eines Abends Haschisch aus einer Purpfeife, einem alten, mit hellbraunen, filigranen Verzierungen versehenen Rinderknochen aus Kenia oder Burundi, den dir einer deiner Freaks geschenkt hatte. Ich begann zu rasen, zweihundertmal in der Minute. Du schlepptest dich ins Wohnzimmer. Diesmal war niemand an deiner Seite, um dir zu helfen. Niemand, uns zu beruhigen. Je aufmerksamer du auf mich hörtest, desto grauenhafter wurde dein Zustand. Du konntest weder stehen noch sitzen, auch das Liegen linderte dein Befinden nicht. Du hast beschlossen, einen Krankenwagen zu rufen, konntest aber die fünf oder sechs Meter bis zur Nische in der Bibliothek, in der das schwarze Telefon stand, nicht mehr zurücklegen. Und hast dich deinem Schicksal ergeben, dich auf dem Parkett ausgestreckt, um zu sterben. Die Arme und Beine weit von dir gestreckt, wie Folteropfer im Mittelalter, auf Wagenräder festgezurrt. Dich überraschte, wie leicht es dir fiel, das Leben zu verlassen.

Lange nach Mitternacht wurde die Eingangstür aufgesperrt. Die Ambulanz? Wie konnte das sein? Hattest du also doch die Rettung gerufen, in halbbewusstem Zustand? Und hattest das nur vergessen?

Mom war einen Tag früher nach Hause zurückgekehrt als geplant, war in der Schweiz geblieben, wo Vater »Die Schlacht von Neuchâtel« vorbereitete. »Ich hab' so ein schlechtes Gefühl gehabt«, flüsterte sie, als sie dich vorfand. Sie rief gegen deinen Willen ein Taxi, du flehtest: »Bitte nicht ins Spital!, nur das nicht!« Sie brachte dich ins nahe gelegene Unfallspital, als sei ein Arm- oder ein Beinbruch passiert, erklärte dem Notarzt: »Mein Sohn scheint ziemlich schlimme Kreislaufprobleme …« Er sah dir tief in die Pupillen, schmunzelte. »Hamma Shit g'raucht, stimmt's?« Du hast geleugnet. Gejammert: »Nein! Nur: mein Herz. Schlägt so … schrecklich stark!«

Rasch breitete sich der Wirkstoff einer Beruhigungsspritze in meinen Kammern aus. Du solltest dich in jedem Fall baldmöglichst einer ausführlichen Untersuchung unterziehen, ließ der junge Arzt Mutter wissen. »Haschisch kann solche Probleme nämlich nur dann auslösen«, lautete die abschließende Diagnose, »wenn da organisch etwas gar nicht stimmt.«

2.

Dr. Simon Egger untersuchte dich und mich einen ganzen Tag lang, auf der Herzstation des Krankenhauses in Hallein, nahe Salzburg. Er hörte mein unsanftes, nagendes Murmeln. Die Herzstromkurven wiesen auf Unregelmäßigkeiten und

Rhythmusstörungen in meinen vier Kammern hin, Röntgenaufnahmen bestätigten die Vermutung des renommierten Kardiologen, sehr wahrscheinlich liege ein Geburtsfehler vor. Nicht das Rheumatische Fieber trage Schuld an deinen und meinen Zuständen, die Krankheit habe jedoch eine bereits vorhandene Missbildung verschlimmert. Missbildung – wie das klang. Egger verordnete den einzigen Test, der Gewissheit verschaffe: Eine Sonde sollte in die Leistenvene eingeführt und langsam bis zu mir hinaufgeschoben werden. Im innersten Inneren angekommen, würde die Katheterspitze die verschiedenen Druckverhältnisse in den Kammern messen, auch die elektrischen Spannungen dort. Davon ließe sich präzise ableiten, ob ein Geburtsfehler vorliege oder nicht.
»Wollten Sie nicht wissen, welche eventuellen Schäden seit der Geburt vorliegen könnten? Der Umstand, dass Sie so lange nichts unternommen haben, hat womöglich einen der Vorhöfe in Mitleidenschaft gezogen. Warum haben Sie den jungen Mann nicht längst diesem Test unterzogen?«
Vater, sonst nie um eine Antwort verlegen, stammelte: »Weil … wir … die Wahrheit nicht wissen wollten …«
»Warum wollten Sie die Wahrheit nicht wissen?«
»Aus Angst, es könnte etwas Ernstes sein …«
»Bleibt ein möglicher Herzfehler unberücksichtigt, führt er in der Regel zu Herzinsuffizienz, an der Ihr Sohn innerhalb weniger Jahre zugrunde gehen kann.«
»Das«, seufzte Vater, »ahnten wir natürlich nicht …«
Egger setzte den Testtermin fest: zwei Monate später.

Nie zuvor brachten wir beide, du und ich, einem Arzt ähnlich großes Vertrauen entgegen – und sehr selten danach. Er hatte etwas Scheues, Vornehm-Vorsichtiges an sich, er wirkte konzentriert, zurückhaltend und blieb dennoch immer voll ungekünstelter Anteilnahme. Er meinte: »Das Herz muss kerngesund sein, es ist der Liebeshort.« Er stellte fest: »Nur ein gesundes Herz kann weinen.« Er sagte: »Man stirbt nicht so leicht.« (Er starb an Herzversagen – ausgerechnet er, schon wenige Jahre später.)

– Dass ich trotz allem den Schulabschluss geschafft habe, wundert mich bis heute.
– Ein Freudentag, dieser letzte Schultag deines und meines Lebens!
– Ich war euphorisch wie noch nie.
– Ohne meine Mithilfe hättest du es allerdings niemals geschafft.
– Wie bitte?
– Ich hielt mich zurück. Ich gab dir wochenlang Ruhe.
– Wie reizend von dir.

Zur Feier der geglückten Reifeprüfung veranstaltete dein Gymnasium ein Fußballspiel gegen die stadtbekannte Equipe einer Handelsschule aus dem Vorort Liefering. Du hattest in den vergangenen Schuljahren nur sehr selten mit den Klassenkameraden Fußball gespielt, aber wenn du spieltest, dann standest du ausschließlich im Tor. Du warst kein schlechter Tormann! Hut ab! Also wurdest du auch am Nachmittag des sonntäglichen Freundschaftsspiels gegen die Auswahl der Roten Stiere – es war übrigens ein sehr heißer Sommertag – als Torhüter deiner Schule aufgestellt.
Auf dem großen Sportplatz im Stadtteil Nonntal füllten sich bereits die Ränge: Schüler aus niedrigeren Klassen und Freunde, Verwandte beider Mannschaften in großer Zahl, wohl zweihundert Zuschauer, wenn nicht mehr. Du bist im Tor, das dir überdimensional groß zu sein schien, bange auf-

und abgeschritten; nie zuvor in deinem Leben hattest du in einem richtigen Fußballtor gestanden, immer nur in höchstens halb so kleinen, von Schultaschen oder rasch herbeigeschafften Holzpflöcken markierten Begrenzungen.

Der Schiedsrichter, ein eigens aus Linz angereister Sportlehrer, betrat das Feld mit majestätischen Schritten, machte sich bereit, das Spiel anzupfeifen. Da gellte, Augenblicke vor Spielbeginn, ein Schrei über den ganzen Platz und weit darüber hinaus: »Max! Max! Max!« Mom verlieh ihrer Stimme alles, was eine C-Picture-Filmschauspielerin an Stimmvolumen und -dramatik aus sich hervorzuzaubern imstande ist. (Du hattest ihr das Spiel wohlweislich verheimlicht. Sie erfuhr natürlich trotzdem davon.) Und wieder schallte es über den Sportplatz hinweg: »Max! Stop! Stop, Max!«

Die Zuschauerköpfe drehten sich alle in Mutters Richtung, sie aber kam direkt auf dich zugelaufen, du hast zu allen Kräften des Kosmos gebetet, im weichen Torboden zu versinken, doch nichts geschah. Quer über den Platz lief sie und brüllte dabei dich, deine Mitspieler, den Schiedsrichter an: »Bist du wahnsinnig geworden? Seid ihr wahnsinnig geworden? Er ist doch herzkrank! Du bist doch herzkrank! Herzkrank! Verstehen Sie? Nein? Noch immer nicht? Du kannst doch nicht im Tor ... Er kann doch nicht im Tor stehen! Max! Was hast du dir dabei gedacht? Wie kannst du nur so dumm sein? Komm jetzt! Kommst du?!«

Gelächter, Geschrei, Unmut auf den Rängen. Mitschüler und Schiedsrichter versuchten noch, Mom von dir fern zu halten, sie riss sich von ihnen los, stürzte sich auf dich, zerrte an deinem T-Shirt mit der Aufschrift IGNORE THE BEAT auf der Brust und der großen weißen Nummer 1 auf dem Rücken, zog an dir wie an einem störrischen Esel. Unter Buhgeschrei und Gelächter habt ihr, haben wir den Platz verlassen, du starrtest gesenkten Kopfes auf den Rasen, hast es nicht gewagt, noch einmal aufzublicken, dich nicht noch einmal umgeblickt. Und Mom bugsierte dich am Sportplatzrand rasch in ein wartendes Taxi.

Der einzige Nichtsportler der Klasse, der spätere Konzertpianist Markus Schilling, der auf der Zuschauertribüne saß, sollte dir später berichten: Erst nach einer halben Stunde wurde ein Ersatzmann gefunden, der sechzehnjährige Sohn des Platzwarts aus Jugoslawien. Die Mannschaft eurer Maturaklasse aber unterlag den Roten Stieren mit 5:0. Außer Markus Schilling hast du keinen deiner ehemaligen Salzburger Mitschüler jemals wiedergesehen. Eine Woche nach deinem Tormann-Abenteuer bist du mit Markus auf Maturareise gefahren.

– Ich zeigte ihm die Welt.
– Vater und Mutter trafen sich mit seinen Eltern und kamen zu dem Schluss: Dieser angehende Musiker hat niemals Drogen zu sich genommen und wird niemals Drogen zu sich nehmen. Keine Gefahr. Sein Leben beschränkt sich auf Salzburg, Mozarteum, Familie, Tradition, Höflichkeit.
– Wie konnten sie sicher sein, dass ich ihn nicht anstiften würde?
– Dieses Risiko gingen sie ein.

In London packte dich allerdings eine Panikattacke, und die Rachmaninow-Klavierkonzert-Gefühle überkamen dich. Du dachtest, die dunkelbraunen Kekse, die man dir im Haus unserer Verwandten gereicht hatte (Markus war nicht mitgekommen), seien mit Haschisch versetzt worden. Ich pochte, pochte, ich sehe dich, wie du dich in den Gängen der Underground-Station Blackfriars zu einem Münzautomaten

schleppst, Schweiß tropft dir von der Stirne, und du rufst Jane an, eine Primaballerina, die älteste Tochter deines Cousins Mischa. »Did you …? Have you …? Was there …?«, hast du gestottert, man verstand dich nicht. Bis du es endlich ausgesprochen hast: »Was there any shit inside … those cookies …?« Jane lachte hysterisch, das hat dich nicht beruhigt, im Gegenteil. Du fragtest sie ein zweites Mal. Sie schwor, noch nie, auch im Traum nicht an die Möglichkeit gedacht zu haben, Kekse mit Scheiße zu backen. »No, I mean … grass, marihuana, hashish …«
»Oh! That's what you mean. No, we don't like that kind of stuff … and certainly not in our food!« Wir beruhigten uns sofort, du und ich. Du bist seelenruhig zum Haus deines Onkels gefahren, wo im obersten Stockwerk Matratzen für euch ausgelegt waren.
In Amsterdam hätte es gefährlich werden können, an jeder Ecke bot uns jemand Joints und Gras, Haschklumpen und Purpfeifen an. Eine Nutte sprach dich an, auf einer Brücke über die Keizersgracht. Du bist mit ihr mitgegangen, erstaunt über deinen eigenen Mut. Musstest ihr in dem verwinkelten Mansardenraum sofort neunzig Gulden aufs Tischchen legen. Dann erst holte sie das Präservativ hervor, riss mit ihren spitzen, langen Fingernägeln die Hülle auf.

– Woher willst du das alles so genau wissen?
– Ich erkenne, was geschieht, ich höre, was gesprochen, gesungen, verheimlicht wird. Durch deinen Brustkorb hindurch. Außerdem hast du es in derselben Nacht Markus erzählt, du kannst ja nichts für dich behalten, alles wird immer sofort ausgeplaudert, ausposaunt.
– Du hast nicht die beste Meinung von mir.
– Ich kenne dich zu gut.

– Was geschah bei der Hure?
– Nichts geschah. Sie missfiel mir. Wenn mir eine Frau nicht gefällt, kannst du nichts mehr machen. Selbst wenn sie sich noch so große Mühe gibt.
– Sie gab sich überhaupt keine Mühe. Sobald sie merkte, dass mit mir nichts anzufangen sei, hat sie's auch schon aufgegeben. Das Geld kassiert und mich rausgeschmissen. Ich wollte noch bleiben, in Stimmung kommen. Ich versuchte, sie zu küssen. Sie wies mir die Tür.
– In Stimmung kommen! Bei einer Hure!
– Du bist schuld, dass ich etwas feinfühliger bin als andere. Wärst du immer gesund gewesen, fiele mir vieles leichter, im Leben.
– Was ist dir lieber: ein doch eher beschwerliches Leben als Zartbesaiteter oder ein einfacheres Leben als Herkules?
– Herkules? Der hatte kein einfaches Leben.
– Als Muskelprotz …
– Lieber so, wie ich bin.
– Eben. Wo waren wir stehen geblieben?
– Amsterdam …
– Wir reisten weiter – nach Paris.

Wir wohnten bei einer Familie, die mit Markus' Eltern befreundet war. Familie stimmte nicht ganz, der Ehemann hatte sich vor kurzem verabschiedet, die Hausherrin lebte allein mit ihren Teenager-Zwillingen, im Huitième Arrondissement, unweit des Elysée-Palasts. Spät nachts, Markus schlief längst, bist du nicht zu den Türen der jungen, recht hübschen Schwestern geschlichen, um da zu horchen oder durch ihr Schlüsselloch zu schauen. Ich führte dich zur Schlafzimmertür der Mutter. Unter dem Türschlitz Licht, du hast leise angeklopft.

»Oui?«
»C'est moi, Madame, pardon!« Du hast die Tür geöffnet.
»Mais qu'est-ce qu'il y a?« Sie dachte, du hättest Schlafprobleme, oder Heimweh, oder Angst vor der Dunkelheit. Sie musste lachen, als du dich wortlos zu ihr ins Bett gelegt hast. Sie im Seidennegligee, eine schöne Frau, Ende dreißig, Anfang vierzig, du hast angefangen, sie zu streicheln. Genau wie ich es wollte. Sie hat dich abgewehrt. Du hast weitergestreichelt, mutiger, immer tollkühner. Von Abwehr konnte keine Rede mehr sein. Alle Waghalsigkeit, die dir in den Jahren zuvor gefehlt hatte, jetzt flog sie dir zu. Madame Charles war die zweite Frau, mit der du geschlafen hast. Dein Stolz war grenzenlos. Du bildetest dir ein, ab dieser Nacht jede Frau der Welt erobern zu können. Unsere Gastgeberin bat dich, in Paris zu bleiben, du seist doch mit der Schule fertig, oder etwa nicht? »Du kannst bei uns wohnen, so lange du möchtest«, flüsterte sie, »meine Töchter würden sich bestimmt auch freuen.« Du hast ihr erzählt, wie sehr ich dir zu schaffen machte, und dass du dich einer großen Untersuchung unterziehen müssest, in der kommenden Woche. »Ach, du armer, armer Junge!«, stöhnte sie. Wenn ich dir nicht solche Probleme bereitete, dann könntest du ihr den Wunsch erfüllen, natürlich, mit Freude, hast du behauptet. Dabei warst du überglücklich, sie nach dieser einen Liebesnacht verlassen zu können und niemals wiedersehen zu müssen. Du hast ihr beim Abschied zugesäuselt: »Je reviendrai. Promis. Après mon test cardiologique ...« Sie hat dir geglaubt!

Markus Schilling blieb noch viele Jahre lang jungmännlich. Er hat nie eine Familie gegründet. Der gewandte Skifahrer, Tennisspieler, Surfer, Bergsteiger stürzte direkt unterhalb eines alpinen Gipfels zweihundert Meter in die Tiefe. Es geschah wenige Tage vor seinem fünfzigsten Geburtstag und am Vorabend eines ausverkauften Solokonzerts in München. Rutschte er aus? Sprang er?

3.

Kaum drang die Sondenspitze des Katheters in meine rechte Kammer ein, als ich zu rasen anfing wie zuletzt beim Zusammenbruch in der Salzburger Wohnung. Du warst bei Bewusstsein, hast auf einem Schwarzweißmonitor, der seitlich hinter dir angebracht war, jeden Kameramoment mitverfolgt. Ich schlug rasend schnell und katastrophal unregelmäßig: wie das Stakkato eines Presslufthammers, der seine Bohrungen kurz unterbricht, um danach umso höllischer weiterzudrillen. Du verdrehtest den Kopf nach hinten, wolltest unseren Todesmoment mitverfolgen, den schwarzen Führungsdraht der Sonde beobachten, der vipernartig in meinen Kammern umherzischte. Du wagtest mit letzter Kraft und leisester Stimme, dem Spezialisten »... ich sterbe ...« zuzuhauchen. Der hagere alte Mann hatte dich während des gesamten Vorgangs keines Blickes gewürdigt. »A so a Nerverl!« gab er zurück.
»Ich sterbe, Herr Doktor.«
»Aber geh'n S', so a Blödsinn!« Man verabreichte dir Valium 20.
»'s wird ja wohl reichen?«, bellte der Arzt.
Stunden später erwachtest du in einem Beobachtungsraum. Dr. Simon Egger beugte sich über dich. »Das Testergebnis überrascht mich nicht. Wie ich vermutete: ein Geburtsfehler. Ein Loch zwischen den Vorhöfen. Ziemlich groß sogar. Achtzehn Prozent des Blutkreislaufs gehen verloren, bei jedem Schlag Ihres Herzens. Um die vierzig stirbt man an Herz-

insuffizienz, wenn man nichts tut. Da muss operiert, der Vorhofseptumdefekt muss verschlossen werden.«
»Wie groß ist meine Chance ... zu überleben?«
»Ihnen passiert nichts. Ich reserviere noch heute ein Bett im besten Wiener Spital für Sie. In einem halben Jahr sind Sie ein neuer Mensch.«
Jeder vierte Patient ist damals im Verlauf dieses Eingriffs gestorben. Das hat dir natürlich niemand gesagt. Heute werden Geburtsfehler solcher Art nahezu ausnahmslos ohne Operation korrigiert und geheilt: Man führt mithilfe eines Katheters einen schirmähnlich gefalteten Plastik-Patch an das Loch heran. Dort öffnet sich der kleine Schirm und verwächst nach und nach mit dem Gewebe. Fehlschläge gibt es sehr selten. Eine Methode, die zur Zeit unserer Diagnose noch gänzlich unbekannt war.

– Du wusstest also seit meiner Geburt von dem Loch in der Wand zwischen deinen Vorhöfen ...
– Ich ließ dich in Ruhe, bis du fünfzehn warst. Danach gab ich dir überdeutliche Zeichen – auf die du aber nicht gehört hast.
– Die ich nicht interpretieren konnte. Gespürt hatte ich sie doch seit Jahren schon!
– Man muss eben ein gewisses Alter erreichen, bevor man auf seinen Körper genauer zu horchen beginnt, seine Sprache zu verstehen lernt.

Andreas Fischer, ein guter Freund in jener Zeit, zwei Jahre älter als du und ich, unternahm alles, seine Eltern vor den Kopf zu stoßen. Die Nächte verbrachte er auf Festen, in Bars und Tanzspelunken – er war dem Alkohol verfallen und den Frauen ebenso. Er arbeitete an seiner Dissertation, »Selbst-

mord in der frühen Neuzeit«, und riet dir, Doktor Gössinger, seinen Doktorvater aufzusuchen, bei dem er sich seiner Lehranalyse unterzog. Deine Ängste waren unbesiegbar geworden, du konntest kaum noch schlafen. Ihr wurdet gemeinsam zum Gespräch geladen, Andreas und du. Zunächst seid ihr stumm in der düsteren Praxis gesessen, die Blicke auf den abgetretenen Perserteppich gerichtet. Endlich hast du geflüstert, wie sehr du dich fürchtest, in naher Zukunft den Verstand zu verlieren. »Schlafkur«, unterbrach dich Gössinger nach wenigen Sätzen, nahm die Pfeife aus dem Mund. »Da machma a Schlafkur. Eine Woche. Tiefschlaf. Danach geht's Ihnen besser. Garantiert.« Andreas fragte: »Ist das Ihr einziger Lösungsvorschlag, wirklich, Herr Professor?« Du hast dich aufgesetzt, bist an den äußersten Rand des tiefen Fauteuils gerutscht, sagtest laut, deutlich: »Nein, das möchte ich nicht.« Mag sein, Gössinger wollte nur sehen, wie der junge Mann auf seine Schlafkur-Verschreibung reagierte. Meinte er es mit der Unerträglichkeit seiner Angstzustände ernst, würde er den Grashalm Schlafkur sofort aufgreifen. Konnte er mit der Panik umgehen, hatte sie ihn nicht vollkommen gelähmt, würde er ablehnen. Er sah dich an, Andreas immer noch zu Boden. Er ließ eine Minute verstreichen. Dann: »Angst und Herz sind ein enges Paar. Man wird Sie operieren? Ihre Zustände sind in erster Linie herzbedingt. Ich empfehle Ihnen ein Medikament, mit dem Sie das Dunkelwerden, die Abende, die Nächte besser durchstehen. Nehmen S' eine Tablette Zweikommafünf, sobald die Dämmerung einsetzt. Die Hälfte … reicht auch.« Und so begann deine und meine Abhängigkeit von der Pille T. Aussichtslos, ohne SIE zu schlafen, ohne SIE die Abende und Nächte zu verbringen. Unvorstellbar. Unausführbar. Wir wurden zu Sklaven der Pille T.
Bis zu deiner Reise, zweieinhalb Jahre später, nach Weißen-

fels an der Saale, im tiefen Ostdeutschland – damals hieß das Alptraumland noch DDR. Du hast das Künstlerpaar Gisela und Theodor Bach besucht, euer erstes Wiedersehen nach der ersten, zufälligen Begegnung, als du in den Ort gekommen warst, um das Grab deines Lieblingsdichters Novalis zu besuchen, an seinem zweihundertsten Geburtstag. Damals hatte sich ein heftiger Briefwechsel zwischen euch entsponnen, eine Korrespondenz, wie sie bereits drei Jahrzehnte später nicht mehr denkbar wäre, in unseren Zeiten, da man statt Briefen nur noch elektrischen Mini-Müll durch den Äther jagt.

Das Maler-Ehepaar lud dich ein, sechs Tage in ihrem schmalen Reihenhaus zu verbringen. Erst am Morgen deiner Abreise hast du bemerkt, nur noch ein einzige Pille T. zu besitzen; du bist zu einer Apotheke nahe dem Westberliner Bahnhof Zoo gelaufen, von wo in Kürze dein Zug nach Halle abfahren sollte. Ohne Rezept – du hattest es seit Monaten nicht erneuert – wurde dir das Medikament nicht ausgehändigt. Da half kein Jammern, kein Betteln: »Ich reise in die DDR, bitte, machen Sie eine Ausnahme! Dort gibt es die Pille T. ganz sicher nicht zu kaufen. Helfen Sie mir. Bitte, helfen Sie mir!« Man half dir nicht. Du fuhrst mit deiner einen Pille T. im Gepäck nach Weißenfels an der Saale.

Fünf der sechs Nächte, die du dort verbracht hast, verliefen schlaflos. Ich übertreibe nicht: wirklich schlaflos, bis auf zwei bis drei Stunden Dösezustand. In der einzigen Ortsapotheke hatte man noch nie von der Pille T. gehört. Es gab auch nichts Vergleichbares im Angebot, nicht einmal Baldriantropfen. Der greise Apotheker bot dir stattdessen loses »Mischpulver« an, ein in ein raues Papierkuvert verpacktes Kopfschmerzmittel.

– Ein Verschiebebahnhof lag in unmittelbarer Nähe; ich hörte die ganze Nacht das Klirren, Rattern und Aneinanderknallen der Waggons von Güterzügen und das Ächzen und Paffen der Lokomotiven. Der nasskalte Geruch von Kohlestaub lag zu jeder Tages- und Nachtzeit über dem Ort.
– Das Rasseln von Panzerketten: Eine sowjetische Garnison unterhielt in der Nähe des Städtchens ihr Hauptquartier. Um drei, vier Uhr morgens rollten die Panzer in Fünferformation mitten durch das Stadtzentrum von Weißenfels, donnerten unmittelbar an Novalis' Grab vorbei.
– Tagsüber legte das Bach-Paar ohne Unterbrechung Frank Zappa and the Mothers of Invention auf dem kleinen Plattenspieler auf, ich hatte die LP über die Grenze geschmuggelt, ein kleines Wunder, dass mir das gelungen war. Die Zappastimme versetzte uns drei, aber auch die vierjährige Helga in Rauschzustände. Kaum war das Kind im Bett, habe ich mich, vollkommen erschöpft, vorsichtig Gisela genähert, dieser sportlichen Schönheit. Sie war ehemalige Staatsmeisterin der DDR im Wasserskifahren gewesen …
– Vollkommen erschöpft? Vorsichtig genähert? Du hast dich auf sie geworfen, unter den erstaunten Augen ihres milden, spitzbärtigen Ehemannes, der sich nach kurzem Zögern an euren Verrenkungen beteiligt hat. Zu dritt habt ihr es auf dem Badezimmerboden getrieben, zwischen rostiger Badewanne und zerschlagener Toilettenmuschel. Ein Glück nur, dass die Kleine nicht aufgewacht ist.
– Auch da hast du mich wieder in etwas hineingetrieben, wie so oft in meinem Leben. Ich konnte nichts dafür.
– Womöglich existieren noch andere Teile deines Körpers, die für Verirrungen solcher Art verantwortlich sind. Die eine gewisse Macht über dich ausüben, glaubst du nicht?
– Schuld bist du.

– Wie dem auch sei: Nach fünf Entzugsnächten warst du die T.-Sucht für immer los. Hast das Zeug nie wieder benötigt.
– Gisela aber, die mich beglückt hat, während ihr weinerlicher Theodor neben uns lag, starb vier oder fünf Jahre später an einer seltenen Blutkrankheit. Ich denke oft an ihre hohe, helle Stirne, ihre großen grünen Augen, an das dichte, zum breiten Zopf geflochtene rote Haar. Ich denke oft an Gisela Bach ...
– Andreas, dein Freund, dein Vertrauter, der dich zu Professor Gössinger mitgenommen und deine Abhängigkeit von der Pille T. dadurch gleichsam mitverschuldet hatte, sollte sich wenige Monate nach jenem Besuch bei seinem Lehr-Analytiker das Leben nehmen. Es war der dritte Selbstmordversuch – und der erste, bei dem er zu spät gefunden wurde. Er hatte hundert Schlafmittel, vermengt mit Whisky, Gin und Wodka, hinuntergewürgt.

4.

Ein halbes Jahr nach Andreas' Selbstmord bezogen wir ein großes Einzelzimmer im zweiten Stock der Chirurgischen Abteilung des Wiener Allgemeinen Krankenhauses. D 205: Ein breites Fenster mit Blick auf einen grauen Hinterhof, der kleine Waschtisch, ein Wandschrank, das hohe weiße Bett. Vier Tage bis zur Operation. Blasses Novemberlicht im Raum. Wie kalt war dir im Bett auf den hohen Rädern. Krankenschwestern maßen alle paar Stunden deine Temperatur, den Blutdruck, trugen die Ergebnisse in eine Tabelle am Fußende ein. Ich schlug, selbst wenn dein Körper im Ruhezustand dalag, zwischen neunzig- und hundertzehnmal pro Minute.

– Dein ununterbrochenes Flattern war kaum noch zu ertragen. Ein Gefühl in der Brust, als sei man wund. Geholfen hat nur rhythmisches Zitter-Gewackel der Pobacken und rasches Geschüttel des rechten Fußes, mit denen ich dein Klopfen überspielte. Nur so konnte ich Ruhe finden: durch noch größere Unruhe.

– A propos Ruhe finden: Genug für heute. Mach jetzt deinen Abendspaziergang, morgen arbeiten wir weiter.

– Gerade jetzt, wo es spannend wird?

– Gerade jetzt.

Im Vorhof

1.

– Guten Morgen.
– Guten Morgen, mein Herz.
– Du musst es mir nicht sagen: Du hast schlecht geschlafen.
– Viel besser als früher ... das solltest du doch bemerkt haben?
– Vielleicht waren deine Träume so heftig, dass ich dachte, du lagst die ganze Zeit wach. In deine Träume erlaubst du mir leider kaum Einblick.
– Wenigstens ein Raum, der vor deinem Zugriff geschützt bleibt.
– Gerade dieser ... Raum? Warum?

Vier Meter vom Boden bis zur Zimmerdecke. Die große Wanduhr, wie in einem Bahnhofsrestaurant; zur vollen Minute tickte sie mit lautem Klick vorwärts. Alarmlichter, ein kleiner Lautsprecher, das Nachtkästchen mit einem Brett an einem Verlängerungsarm, der als wackeliger Esstisch diente. Im immergrauen Innenhof gurrten die Tauben. Ein leises Jammern, den ganzen Tag lang. Tierschmerz. Auf welchem Sims hockten sie, die Tauben? Wir sind mit diesem Tierschmerzgeräusch aufgewachsen, es begleitete unsere Kindheit, jene Jahre, bevor wir aus dem grauschweren Nachkriegs-Wien fortgezogen sind. Wie grässlich, wie hässlich die Stadt damals war, Endpunkt Westeuropas, Sackgasse, moderig, verfallen, verkommen. Das Taubengurren in den Wiener Angstbezirken, die unsere Eltern im Auto durchquerten, du auf dem Rücksitz, allein, bevor Vivien geboren wurde. Später zusammengekauert, als sie dann plötzlich auf der Welt war. An bestimmten Stellen, im fünften, sechsten, im elften und zwölften Bezirk musstest du die Augen schließen, so grauenhaft kamen dir die Fassaden der Zinshäuser und Gemeindebauten, die Schlammfarben der kleinen Parkanlagen, die abblätternden Mauersimse über den Gaststätten vor. Über der finsteren Metropole lagen Trauer, Furcht, Zerstörung.

An die Krankenschwestern hast du dich lange nicht gewöhnt, blutjunge, ältere, bildschöne, besonders hässliche Krankenschwestern. Am liebsten war dir Heinz, der männliche Pfleger der Station. Sechzigjährig, bis vor kurzem Krankenpfleger an der Nervenheilanstalt Steinhof. »Das is' mir bei die Wahnsinnigen nie passiert: Hier reden mich die Herrschaften Patienten mit Herr Wärter an. Wenn so ein Trottel zu mir Herr Wärter sagt, frag' ich ihn, ob er vielleicht eine Giraffe oder ein Nilpferd is'.«

– Ich erinnere mich an das ununterbrochene Piepsen im grünen Linoleum-Korridor, Tag und Nacht, aus zwei, drei Richtungen, aus den Zimmern von Patienten, deren Herzrhythmen rund um die Uhr überwacht werden mussten.
– Du bist jedes Mal erschrocken, wenn zwischen zwei Tönen eine Pause entstand. Hast dann jeweils ruhelos auf das nächste Signal gewartet.
– Das fast immer kam. Bis auf das eine Mal: Da währte die Pause ewig. Kein Wunder – der Patient in Zimmer 207 war verstorben. Heinz hat mir die Neuigkeit als Erster überbracht: »Ein Herr Bankdirektor war's. I sag's ja immer, kein Geld schützt vor'm Abkratz'n.«
– Sehr taktvoll, dein Freund Heinz ...
– Ich mochte seine unbeschwerte Art.

Unsere Familie kam täglich zu Besuch. Sie hatten sich in einer Pension eingemietet. Vivien, inzwischen acht Jahre alt, durfte wochenlang Schule schwänzen, um in Wien zu sein, wenn ihr Bruder operiert wurde. »Heute haben wir eine Kirche besichtigt, Augustiner, irgend sowas, ich und die Eltern«, berichtete deine Schwester mit schriller Stimme, »und da liegt das Herz vom Kind vom Napoleon in einem Glas!«

Abends saßen die drei mit dir vor dem alten Miniatur-Schwarzweißfernseher, den sie von zu Hause mitgeschleppt hatten. Aßen während der Nachrichten ihr kaltes Abendbrot, klaubten die Schinken- und Wurstscheiben, den Käse und die sauren Gurken mit den Fingern aus Papieren und Gläsern. Verstauten dann alles bis zum nächsten Tag zwischen den Fensterscheiben. Vater und Mutter verlangten Professor Liehm, den Chefchirurgen, zu sprechen, der uns operieren sollte und von dem es hieß, er arbeite seit Jahrzehnten an der Entwicklung eines künstlichen Herzens. Er ließ sich nicht blicken. Immer wieder wurde verlautbart: Der Herr Professor kommt vorbei, später, morgen vielleicht, abends, zeitig in der Früh. Aber er kam nicht. Unsere Eltern waren es nicht gewohnt, dass ihren Wünschen, die im Grunde immer Befehle waren, nicht stattgegeben wurde.

Einer deiner Salzburger Deinesgleichen, der die Tage am Ufer der Salzach totschlug, der spindeldürre Tischlergeselle Paul Teuffel, in einen schweren Pelzmantel gehüllt, den er auch im überheizten Spitalszimmer nicht ablegte, brachte seinen muskulösen Freund Karl Sturtz mit, den du nicht kanntest. Teuffel verkündete, seine Geliebte habe ihn nach acht Monaten des gemeinsamen Glücks verlassen. »Es bricht mir das Herz.« Er legte die rechte Hand unter dem Pelz auf seine Brust. Als du ihn fragtest, warum Samantha ihn habe sitzen lassen, zeigte er auf den blassen, blonden Karl, der noch kein

Wort geäußert hatte. »Der war's. Zu dem will sie. Der is' so stark, der kriegt, was er will, im Leben. Und als Tischler wird er viel besser sein als ich je. Einfach viel besser.« Karl fiel das kleine magnetische Schachspiel auf, das du am Vortag geschenkt bekommen hattest: »Magst du?« Du warst kein guter Schachspieler.

– Und bin es bis heute nicht.
– Du warst gleich einverstanden.
– Wir losten aus, wer beginnen sollte.
– Du bekamst Weiß ...
– Wir stellten die Figuren auf, mir fehlte ein Bauer. Wir suchten wortlos in den Falten der Bettdecke, des Leintuchs, unter dem Bett und unter dem Nachtkästchen.
– Und fanden ihn nicht.
– Du hast eine Aspirinpille aus der Nachtkastenlade geholt und sie zum weißen Bauern erklärt.

»Aufpassen!«, warnte dich Paul Teuffel, »der Karl is' halt furchtbar stark.« Zu deiner Verblüffung erspieltest du schon nach zehn Zügen deutliche Vorteile – Karl fiel die Bedrohung seiner Königin zu spät auf. Er brachte sie in eine so ungeschickte Position, dass es dir mit dem nächsten Sprung des Rössleins gelang, sie festzusetzen, er konnte sie nun weder vor noch zurück bewegen. Bald nach dem Verlust seiner Dame gab er auf. Oder gab er doch nicht auf? Er überlegte, blieb noch immer still. Dachte er sich eine Finte aus, deinen König zu bedrohen? Er räusperte sich. Sprach einen knappen Satz. Den du nicht verstanden hast.
»Was sagst du?«
»Nix. Es is' nur ...«
»Sag es ruhig ...«

»Ich hab' nämlich geg'n dein Herz gespielt. Kann dir sag'n: Alles wird gut. Supergut.«
»Und ... wenn ich das Spiel verloren hätte?«
»Hätt' ich dir g'sagt: Mit deiner Operation schaut's schlecht aus. Weißt, die Figur, die wir nicht gefunden haben ... das ist das Loch in deinem Herz'n. Logisch. Pick das Spiel so an die Wand, so wie's ist. Kleb die Figur'n aufs Brett. Das gibt dir echte Kraft im Leben.«
Du hast das Spiel belassen, wie es war, wolltest die Figuren zu einem späteren Zeitpunkt festkleben – schobst das Brett vorsichtig in ein leeres Fach im hohen Wandschrank.
Rülpsend, laut lachend scharten sich am nächsten Tag drei deiner ehemaligen Klassenkameraden aus dem Wiener Gymnasium um dich, dieselben, die sich wenige Jahre zuvor über unser Schonturnen, unser Nichtturnen lustig gemacht hatten. Sie berichteten von ihrem Leid bei der Heeres-Ausbildung, vom Studium der Orthopädie, der Rechte, der Physik, blätterten in deinen Zeitungen, Zeitschriften, Büchern. Mit glühenden Köpfen hattet ihr einst auf den Deckeln der Schultoiletten gesessen und auf Hochglanz-Mädchen in immerneuen *Playboy*-Magazinen gestarrt. Ihr habt in schattigen Obstgärten Kirschen, Pflaumen, Äpfel gestohlen und im frisch gestrichenen Schulkorridor Fußballturniere mit Silberpapierkugeln ausgetragen. Schneeballschlachten auf den breiten Terrassen, den Promenaden und gewundenen Pfaden des Stadtparks – und die Begeisterung für die phantastischen Beatbands jener Zeit verbündeten euch. Drei Fremde umringten dich jetzt.

– Michael Fürst, der einzige von den dreien, den ich gerne mochte, hat sich einige Jahre später das Leben genommen.
– Noch einer deiner Freunde. Wie Andreas.

– Und wie Markus, falls sein Bergsturz Selbstmord war ...
– Markus, Andreas, Michael.
– Der Maler Teuffel verlor den Verstand. Er lebt in einem Irrenhaus auf der Insel Jersey ...
– Wer dir nahe kommt, lebt gefährlich. Arme Gisela Bach, in Weißenfels an der Saale. Dein Herzarzt Simon Egger ...
– Hörst du jetzt auf? Außerdem: Unser Herzarzt!

Am Tag vor dem Eingriff knöpfte eine junge Frau im weißen Kittel mit warmen Fingern deine Pyjamajacke auf, legte den Handteller ihrer Rechten auf deinen Bauch. »Bin die Annemarie, Atemtherapeutin. Natürlich: Sie atmen ganz falsch. Völlig falsch! Beim Einatmen muss sich die Bauchdecke heben – dorthin soll sich ihre Lunge ausbreiten, nicht nach oben, nicht in Richtung Schultern! Also: Üben wir's noch einmal ...«
Der Anästhesiearzt stellte sich vor, schwärmte von der leisen Schlagermusik, die aus dem Radio strömen werde, sobald du aus der Narkose erwachtest. »Schlagermusik? Bitte nicht! Lieber Stille als Schlager!« hast du gejammert, »oder Nachrichten, alles, nur keine Schlager!« Er versicherte dir, die Betäubung entfalte bereits im Vorraum des Operationssaales ihre volle Wirkung: »Sie werden von den Scheinwerfern, den Messern, Maschinen, dem Hin und Her der Assistenten und Assistentinnen gar nichts mitbekommen. Da können Sie froh sein, glauben Sie mir!«

2.

– Du zögerst, mein Herz, den nächsten Tag zu schildern?
– Woher ... weißt du das?
– Weil du seit längerer Zeit kein Zeichen mehr von dir gibst.
– Ich überlasse die Beschreibung der Stunden vor dem Eingriff dir. Auch nach all den Jahren ... zu schmerzhaft für mich. Ich tue mir sehr leid.
– In einem meiner Stücke beschrieb ich diesen Moment: Alfredo Nair erzählt ihn der Besitzerin des Stundenhotels. Seine Herzoperation, in allen Einzelheiten ...
– Ja. Und ...?
– Jedem Leser fiele auf, dass ich mich wiederhole.
– Verzeih, aber daran erinnert sich doch kein Mensch! Und diesmal geht es ja um dich, um uns, nicht um eine erfundene Figur.

Das grelle Neonlicht an der Seite über dem Bett. Ich riss die Augen auf, ließ sie gleich wieder zufallen. Ein Dienstagmorgen, halb sechs Uhr früh. Heute die Hinrichtung. Ich war neunzehn Jahre alt. Herr Heinz begann mich zu rasieren, ohne Vorwarnung, die Behaarung der Beine, die Schamhaare, die Haare unter den Achseln. »Hast ein Glück, junger Mann, dass auf deiner Brust kein Haarlein wächst. Das tut nämlich b'sonders weh.« Das weiße Hemd, das er mir reichte: Mein Totenhemd? Eine Beruhigungsspritze. »Hätt' ich dir schon vor'm Rasieren geben sollen, stimmt's? So in einer Stund' geht's los.« Das Medikament beschleunigte deinen Puls, drosselte ihn keineswegs. Mich fror. Immer kälter meine Füße, meine Hände. Hatte Heinz das falsche Mittel gespritzt? Ich starrte auf die Zeiger der großen Wanduhr. Jedes Minutenklicken stieß mich ein Stück näher in Richtung Beerdigung.

Wo wollte ich beigesetzt werden? In Wien? Nein, nur dort nicht! Sollte ich nicht eine Notiz hinterlassen? »Im Falle meines Ablebens wünsche ich in ... beigesetzt zu werden. Bitte nicht verbrennen!« Ich konnte mich nicht entschließen, welche Stadt mir als Friedhofsstadt die liebste wäre. Wo befand sich meine Heimat? Bin ich Amerikaner? Bin ich Europäer? Müsste man ab einem bestimmten Alter nicht wissen, wo man begraben sein will? Ich gehöre nach Nirgendwo. Mein Geburtsort San Francisco kam mir in den Sinn. Oder lieber ein hübscher Friedhof in Hollywood? In Beverly Hills, Santa Monica oder Westwood? Nein, das alles passte nicht zu mir. Ich hinterließ keinen Beerdigungswunschzettel.

Heinz schob eine metallene Liege neben mein Bett, hob mich keuchend hinüber, »sind wir eh ganz ruhig, gellja? So eine Spritze ist ein echtes Wundermittel.« Er deckte den Körper mit einer dünnen, kratzenden Wolldecke zu. Einer Pferdedecke? Rollte mich zu den Aufzügen. Die Eltern neigten sich mit blasser Trauermiene über mich, wie im Traum – der Abschied für immer. So früh waren sie seit ihrer Schulzeit nicht mehr aufgestanden. Das Zuschlagen der schweren Metalltüren des Aufzugs. Die kurze Fahrt in die Hinrichtungsetage. Der Lärm von Holzschuhen? Vermummte Männer, Frauen, alle in grüner Kleidung, mit grünen Kopfbedeckungen, grünem Mundschutz. Mich fror, als säße ich nackt auf einem Gletscherplateau.

Exekutionen mit tödlicher Injektion verlaufen mit Sicherheit ähnlich – das Zittern des Verurteilten am ganzen Leib. Das Warten auf den Moment, da die erste Spritze verabreicht wird.

Zwei Vermummte: »Das ist jetzt Ihre Narkose.« Warum flüsterten sie? Das Bett wurde in den hohen, hellen, frisch gelüfteten Operationssaal gefahren. Ärzte, Assistenten, Schwestern liefen kreuz und quer, ich erkannte Glasschränke, Reagenzgläser, Operationsbesteck. Sah aus hohen Fenstern auf kahle Novemberbäume.

Die Lider fielen mir zu. Ich blieb wach, konnte aber die Augen nicht mehr öffnen.

Hörte Stimmen. Das Ärzteteam begrüßte Liehm, der mit starkem tschechischem Akzent fragte: »Patient bereits eingeschläfert?«

Versuchte, ich bin wach! Wach! Ich bin noch wach!, zu rufen. Und brachte keinen Ton hervor. Die Anästhesie-Dosierung war viel zu niedrig! Versuchte, die Augäpfel zu rollen, es gelang mir nicht.

Spürte, wie meine Brust mit desinfizierenden Flüssigkeiten bestrichen wurde, der Gestank stach in die Nase. Dicke Stifte zeichneten die Stelle ein, an der das Chirurgenmesser ins Brustfleisch vordringen würde. Ich musste ein Zeichen geben! Wollte den kleinen Finger, die Zehen bewegen. Blieb reglos, gelähmt.

Wieder zeichnete ein Stift eine Kurve über der rechten Brustwarze. Rechts? Das Herz liegt doch links?

– Ich liege in der Mitte. Ein bisschen mehr Mitte als links.
– Das habe ich damals nicht gewusst.
– Du hättest dich besser vorbereiten sollen … auf unsere Operation.
– Erzähle bitte du, wie es weiterging. Du warst dabei. Ich nicht.

Ich bin ein Palast. Ein Palast mit vielen Räumen, Kammern, Prunksälen … Enfilade neben Enfilade. Stockwerk über Stockwerk. Kemenaten. Dachböden. Einer dieser Räume ist ganz für Mom reserviert, wir verdanken ihr unser Leben, du und ich. Er ist arabisch ausgekleidet, mit Samt und Teppichen versehen. Du schreitest mit mir, deinem himmlischen Palast, durch deine Tage und deine Nächte. Ich bin dein Paradies auf Erden. Ich bin dein Einundalles. Ich schenke dir in jeder Sekunde Leben, manchmal zwei- und dreimal in der Sekunde: Leben. Ich bin dein Leben.

Nach Ewigkeiten bist du endlich eingeschlafen. Und dann geschah, wovor du dich mit Recht so sehr gefürchtet hattest: die Öffnung des Brustkorbs. Ein Schnitt auf der rechten Seite deiner Brust, von der Brustmitte bis unter den Arm, dreißig, fünfunddreißig Zentimeter lang. Das Skalpell durchtrennte dein Fleisch, stieß auf Widerstand, auf Muskelgewebe, Knochengerüst, Blut quoll hervor, wurde abgesaugt, es floss weiter, in Strömen. Ich hörte unmittelbar über mir eine kleine Stichsäge sirren, zwei Rippen wurden durchtrennt, um deinen Brustkorb weitflächig zu öffnen. Licht? Mit einem Mal Licht! Das Licht, von dem ich seit unserer Geburt wusste, überschwemmte mich. Wie sehr es mich blendete! So grell, so heiß fühlte es sich an, so scharf durchpulste es mich. Dein Brustbein, das Dach über meiner Wesenheit, war verschwunden. Ich wurde angezündet. Ich wurde Licht.

Umrisse: vermummte Gesichter. Ich erahnte Augen, Ohren, Nasen. Keine Münder, keine Lippen, ich kenne sie bis heute nicht, die Münder der Menschen. Dies grelle Blitzen um mich herum! Von Händen berührt! Das katastrophalste Gefühl auf dieser Welt. Man hob mich aus meinem Nest. Ich schlug, ich schlug.

Ich stand still. Zum ersten Mal seit unserer Geburt. Ausgeschaltet, wie ein Elektrogerät. Ausgeknipst. Still. Tot. Wie tot. In Lichtfeuer getaucht.

Die Operation konnte beginnen.

Liehm nähte – dafür bin ich ihm dankbar, so lange wir le-

ben – präzise und ungeheuer schnell. Nach zwanzig Minuten war der Eingriff beendet, das große Loch zwischen meinen Vorhöfen fest verschlossen. Er legte mich behutsam in deine Brust zurück. Löste die Klemme an der Hauptschlagader, gab den Blutstrom frei. Ich konnte wieder atmen. Ich begann zu schlagen, ganz von selbst. Langsam. Regelmäßig. Zum zweiten Mal in unserem Leben begann ich zu schlagen: das erste Mal am vierundzwanzigsten Tag der Schwangerschaft unserer Mutter. Wusstest du, dass ein Embryoherz so früh zu pumpen beginnt?
Langsam wurde es wieder dunkel um mich herum. Ich schlug ruhig, in der Finsternis meiner Wiedergeburt.

3.

– Wenige Stunden später machtest du auf den matten Scheiben der Oszillatoren grüne Kurven aus.
– Ich spürte gleich, wie ruhig du schlugst. Ruhiger als je zuvor in den Jahren seit der Klassenfahrt in den Teutoburger Wald, seit dem ersten Kuss, den ich Felicitas Junghans gab. Dies regelmäßig Ruhige! Nur einer, der das irregulär-heftige Schlagen seines Herzens kennt, weiß, wie wohl ein so ruhiger Pendelschlag tut.
– »Sie liegen auf der Intensivstation«, summte eine Männerstimme neben dir und mir, »die Operation ist gut verlaufen, alles in Ordnung, die Öffnung zwischen den Vorhöfen war vier mal drei Zentimeter groß. Immerhin. Liehm und sein Team, wir haben das Loch zugenäht wie einen Riss im Hosenboden. Wie fühlen Sie sich?«
– Ich krächzte, zitterte, mein Körper schüttelte sich. Ich schlief wieder ein, erwachte mitten in der Nacht. Neben mir

lag ein mageres Mädchen und schrie: »Rippenschmerzen! Rippenschmerzen! Schwester, bitte! Rippenschmerzen!«
»Bist jetzt still!«, zischte die Krankenschwester, »Ruhe, aber sofort!« Hinter meinem Kopf das kleine Mädchen und neben ihr eine alte Frau. Ein Priester beugte sich über sie beide, flüsterte ihnen Gebete ins Ohr. Vorsichtig hob ich die Decke hoch. Erkannte Schläuche, die aus dem Körper baumelten, und den breiten Verband, sah Drähte, Wattebäusche. Fühlte in der Nase, im Rachen ein schmerzhaftes Kratzen. »Die Magensonde bleibt bis morgen drin«, kläffte die Krankenschwester.
– Frauen wie sie haben es schwer genug. Sie kläffen nicht.
– Musst du mich immer zurechtweisen?
– Wenn ich es nicht tue, wer sonst?
– Du meinst, Catherines Strenge reiche nicht aus?
– Sie ist eine angeheiratete Fremde. Sie steht dir längst nicht so nahe wie ich. Niemand steht dir näher als ich, dein Doppelgänger. Ich bin du.

Um fünf Uhr morgens riss eine spitze Kraft dein Innerstes nach außen – als fegte ein Wirbelsturm durch den Körper, so heftig war dieser Schmerz. Das katastrophale Ziehen saß in deiner Mitte fest. An unserer Seite hockte die Nachtschwester, auf einem Holzschemel, wie eine Bäuerin, die eine Kuh melkt. Sie zog an einem Schlauch, der in der Leistengegend in deinem Bauch stak. »Was tun Sie da?« hauchtest du. Innere Blutungen wurden abgesaugt, flossen in ein hohes Messglas. Zwei ältere Frauen überfielen dich und seiften dich ein: Schaum, von Kopf bis Fuß. Billigseife, wie man sie für Kochwäsche verwendet, und sie wuschen und wuschen dich; kein Fingernagel, keine Zehe blieb ausgespart. Tag Eins unseres neuen Lebens. Ich empfand uns als Neugeborene, dich und mich. Ohne Angst zu schlagen, ganz rhythmisch zu pochen! Pochen ist das falsche Wort, es war ein sanftes Wogen. Ich badete in Glück. Zuversicht durchpulste mich. Der Pulszähler zeigte auf fünfundsechzigmal in der Minute. Langsam wurde es draußen hell.

Eine junge Tagesschwester setzte sich neben dich, um dir erneut das Blut abzuzapfen. Du wolltest vor Schmerz aufheulen, als dich der Blick ihrer hellgrauen Augen traf. »Tut weh, das Melken, stimmt's? Ich weiß ...« Du hast sie angelächelt, sie nach ihrem Namen gefragt. Eva drehte das Radio an, irgendwo im Raum. Sie summte mit, eine Country-and-Western-Melodie. Ein Tross von acht Männern in immergrünen Mänteln betrat den Raum, sie überprüften Fieberkurven, Bildschirme, trafen Anordnungen für den Tag. Liehm war nicht unter ihnen. Er tauchte Stunden später auf. Kein sonniges Gemüt, der ältere Herr, dachtest du gleich. Wenn es auch zu grell gewesen war, ihn genau wahrzunehmen, schien mir seine Aura während des Eingriffs angenehm. Knapp erkundigte er sich nach deinem Befinden. Drückte dir die Hand – ohne auf Antwort zu warten.

Nachmittags schob man dein Bett näher ans Fenster heran. Da der Raum im Keller lag, sahst du nichts als Mauern und ein kleines Stück Himmel. Zwei frisch Operierte wurden hereingerollt, eingeparkt. Unmittelbar neben dir lag ein Koloss, er befand sich im Tiefschlaf. Nackte Fleischmasse. Sauerstoff wurde in die Lungen des älteren Mannes gepumpt, regelmäßig hob und senkte sich seine enorme Bauchdecke. Das Schnaufen der Beatmungsmaschine klang wie der Atem eines Golems. Von leisem Ekel erfüllt hast du die Schläuche, die Narben, jedes Element am abstoßend hässlichen Körper des Mannes studiert.

– Eva wusch ihm die Beine, rümpfte dabei die Nase. Draußen dunkelte es bereits. Die Nachtschwestern lösten sie ab, der Blick, den sie mir zuwarf, verriet endlose Erleichterung.
– Der Priester kam zu seiner allabendlichen Visite.
– Mit der alten Dame betete er so ausführlich, dass mir Schauer in die Glieder fuhren. Er zeichnete mit seinem dicken Mittelfinger ein Kreuz auf ihre Stirne.
– Dann kam er zu uns …
– Er hatte starken Mundgeruch. Fischig, tranig. »Fragen, junger Mann?« Ich verneinte. Das hielt ihn nicht davon ab, auch mir zwei sich kreuzende Linien auf die Stirne zu schreiben.

Du hast ein Beruhigungsmittel erbeten, um die ersten Regungen des älteren Mannes nicht miterleben zu müssen. Man spritzte es dir in die Armbeuge, setzte dir eine kleine Sauerstoffmaske auf, die lautlos kühle Luft zuführte. Du schliefst nicht ein. Neben dir die nackte, von braunen, blauen, schwarzen Flecken übersäte Bauchdecke des Nachbarn. Das Pfeifen, Stoßen, Ächzen, Zischen der Beatmungsapparatur, wie der Maschinenpark einer Fabrikhalle. Die ewige Nacht. Um vier Uhr früh schlug der Pulszähler der alten Dame Alarm. Das Neonlicht ging an, vier Krankenschwestern und der diensthabende Oberarzt stürmten in die Intensivstation. Die Frau war tot. Da versuchte dein Nachbar wiederholt, die verklebten Augenlider zu öffnen. Sah lange zu dir herüber, musterte dich ähnlich ausführlich, wie du ihn am Vortag gemustert hattest. »Sie sind mit Abstand der böseste Mensch«, lallte er laut, »den ich mein' Lebtag geseh'n hab.« Und schloss erneut die Augen.

Farah

Montag Nachmittag. Das schäbige Döner-Lokal an der Ecke. Sie ist nicht da. Sie wird nicht auftauchen. Schmetterlinge im Bauch, wie bei meinen allerersten Rendezvous. Du klopfst dazu deinen Unruhetakt. Ich bin nicht zu früh. Eher zu spät. Ich wusste, sie würde sich nicht sehen lassen. Ich gehe wieder.
»Monsieur ...?«
Ich drehe mich um, da steht sie, ich erkenne sie im ersten Moment nicht wieder. In Jeans und abgetragener Lederjacke, die Augen Khol-geschminkt. Wie klein sie ist! Als mache sie das Fehlen der Uniform zierlicher, zerbrechlicher.

– Gib ihr den Begrüßungskuss auf beide Wangen!

»Haben Sie schon etwas gegessen, Farah?«
»Oui, Monsieur.«
»Dann könnten wir ja losgehen.«
»Absolument ... Avec plaisir.« Das weiß ich schon jetzt, »avec plaisir« ist eine ihrer Lieblingswendungen.
»Vous allez bien?«, fragt sie, wie jedes Mal, sobald wir uns wiedersehen.
Wir spazieren Seite an Seite, ich muss immer links von den Frauen gehen, sitzen, liegen, schlafen. Selbst wenn ich mit meinen Töchtern unterwegs bin, versuche ich, links von ihnen zu bleiben. Wir überqueren den Pont d'Austerlitz, die Brücke führt zum Jardin des Plantes. Farah lässt mich wissen, sie habe meinen Namen ins Computernetz eingegeben und sei da auf die Titel meiner Theaterstücke gestoßen, auf die weniger bekannten aus den achtziger Jahren und auf die

beiden Publikumserfolge der neunzehnneunziger Jahre. Aber seit langem sei da gar nichts Neues vermerkt.
»Wie kann das sein?«

– Lüg sie nicht an!

»Ich habe seit Jahren kein neues Stück mehr geschrieben.«
»Wie kommt das?«
»Man kann nicht immer … Neues erfinden … Es gibt Zeiten der Krise.«
»Würden Sie mir ein Stück zu lesen geben, das Sie geschrieben haben? Im Netz steht, dass fast alle Ihre Werke ins Französische übersetzt wurden.«
»Ich gebe Ihnen alles. Wenn Sie wollen …«
»Ich will. Machen Sie nicht auf bescheiden …«

– Sie hat Recht: Mach nicht auf bescheiden!
– Halt du dich da raus!

Ein grauer, kühler Maitag, im Jardin des Plantes. Unter der Platanenallee bewegen wir uns langsam vorwärts. Sie hat so etwas Stilles, Neugieriges, zugleich wohltuend Zurückhaltendes an sich. Ich lege eine Hand auf Farahs Schulterblatt. Sie zuckt zusammen. Ich lasse die Hand dort liegen. Wir bleiben stehen. Sie sieht mich an.
»Das können Sie nicht machen. Bitte tun Sie Ihre Hand wieder weg.«
Ich lasse sie auf der Schulter liegen. Schon diese Geste erregt mich. Nichts als das.
»Ein Mann in meinem Leben … das genügt. Es tut mir leid.«
Farahs Wesen zieht mich magnetisch an. Sie ist mir sehr fremd. Sie ist mir unendlich vertraut. Ich ziehe sie an mich

heran, atme ihren Duft tief ein, er schmeckt nach Apfelblüte, Honigtopf. Ein Billigparfüm, aber das stört mich nicht. Bei jeder anderen Frau würde es mich abstoßen.
»Bitte hören Sie auf«, sagt sie. »Ich will weder geküsst werden noch mit Ihnen schlafen. Ich will einfach nur mit Ihnen zusammen sein. Sprechen. Nachdenken. Spazierengehen.«
»Farah – ein Name wie aus dem Paradies ...«
»Das Paradies? Ist verloren gegangen.«
»Was heißt Farah auf Arabisch?«
»Freude, Heiterkeit, Glück.«

Wir kommen an den Bärenkäfigen vorbei, die man durch das Gebüsch erahnt. Der Zoo, der an den Park grenzt, riecht nach Exkrementen, Schweiß und Brunst. Vor dem Haupttor des Tiergartens parkt ein Alfa Romeo. Ein Parkwächter, das graue Haar zu einem Zopf geflochten, hebt drei ausgestopfte Tiere in den Kofferraum des Wagens, einen Fuchs, einen Fasan, einen Sperber.

»Können Sie ein Gedicht auswendig?«, fragt Farah.
»Aber nur im Original.«
»In welcher Sprache?«
»Auf Deutsch ...«
»Ich höre so gerne Ihre Stimme, Max.«
Es ist das erste Mal, dass sie meinen Namen ausspricht. Ich ziehe Farah erneut an mich heran, küsse ihr die Stirne. Sie weicht zurück.
»Also? Das Gedicht?«
»Lyrik liegt mir nicht, dieses Gedicht ist eine Ausnahme, die die Regel bestätigt. Ich weiß nicht, warum. Ganz unlogisch: dass einer, der Lyrik nicht mag, ein ganzes Gedicht auswendig kennt ...«

»Keine großen Vorreden. Ich will es hören.«
»Sein Blick ist vom Vorübergehn der Stäbe so müd geworden, dass er nichts mehr hält. Ihm ist, als ob es tausend Stäbe gäbe und hinter tausend Stäben keine Welt ... Der weiche Gang geschmeidig starker Schritte ... Jetzt habe ich den Faden verloren ... Warten Sie ... Der weiche Gang geschmeidig starker Schritte ... der sich im allerkleinsten Kreise dreht, ist wie ein Tanz von Kraft um eine Mitte, in der betäubt ein großer Wille steht ... Nur manchmal schiebt der Vorhang der Pupille sich lautlos auf. Dann geht ein Bild hinein, geht durch der Glieder angespannte Stille – und hört im Herzen auf zu sein.«
»Unnöhrt ymerssen offsusayn. Wunderschön. Wirklich wunderbar. Obwohl ich kein Wort verstanden habe. Kein Wort. Wie heißt das Gedicht?«
»Der Panther.«
»Und auf Französisch?«
»La Panthère.«
»Ach so! Natürlich. Und von wem?«
»Rilke. Rainer Maria Rilke.«
»Der Name sagt mir nichts. Ich werde mir in der städtischen Bibliothek einen Band ausleihen. Ich will kennen, was Sie lieben.«
»Ich weiß nicht einmal, wo Sie zuhause sind, Farah.«
»Dort, wo es immer Unruhen gibt. Wo wir Araber, Kabylen und Schwarzafrikaner eben leben: in der Banlieue.«
»Wie heißt der Ort?«
»Bondy. Nicht weit vom Flughafen Charles de Gaulle.«

Es beginnt zu nieseln. Farah hängt sich bei mir ein. Immerhin.
»Ich kann mich schon deshalb nicht mit Ihnen einlassen, weil

Sie sicher hundert Frauen um sich haben. Ich will nicht eine von Ihren hundert Frauen sein.«
»Ich habe eine einzige Frau. Meine Frau. Die ich liebe.«
»Warum machen Sie dann mir den Hof? Einer Briefträgerin?«
»Weil Sie mir vom ersten Moment an … gefallen haben.«
»Vous avez un cœur d'artichaut, monsieur Max.«
»Ich kenne den Ausdruck nicht, Farah. Ich habe … ein Artischockenherz?«
Sie lacht. »Avoir un cœur d'artichaut signifie être trop sensible aux émotions, se laisser facilement attendrir. Sie verlieben sich viel zu leicht, Max, in beinahe jede Frau, die Ihnen über den Weg läuft …«
»Ihr Eindruck stimmt mit der Wirklichkeit in keiner Weise überein!«
»Ach. Tatsächlich?«

– Sie glaubt mir nicht!
– Sie muss begreifen, was genau dich an ihr interessiert, warum sie dir denn so wichtig ist! Ihr Lächeln, zum Beispiel …! Sprich von Ihrem Lächeln …

»Ihr so besonderes Lächeln gefiel mir vom ersten Moment an … ich habe so ein Lächeln noch nie gekannt. Ich bin es nicht gewohnt, so angestrahlt zu werden!«
»Das ist alles? Das ist nicht sehr viel. Und Ihre Frau …?«
»… ist selten hier. Machen Sie sich um meine Frau keine Gedanken. Wir sind seit über dreißig Jahren ein glückliches Paar.«
»Glücklich?«
»Glücklich … genug.«
»Erstens mache ich mir Gedanken. Und ich will mit Ihnen ja nur sprechen. Ihrer Stimme lauschen.«

Das Nieseln wird zum Regen, ich dirigiere unsere Schritte unauffällig zurück, Richtung Ausgang.
»Warum kehren Sie um? Ein bisschen Regen macht uns doch nichts aus!«

– Du bist wirklich ein Hasenherz!
– Du hast gut reden, geschützt vom Panzer meines Körpers!

»Pardon?«
»Ich meinte nur … wegen des Regens …«
»Der stört mich nicht. Warum leben Sie eigentlich hier? Als deutschsprachiger Dramatiker, der am liebsten Englisch spricht, von dem ich auch kein Wort verstehe. Warum gerade hier?«
»Es regnet ziemlich stark. Gehen wir zu mir nach Hause? Ich könnte Ihnen einen Orangensaft pressen.«
»Nein. Lieber in ein Café …«

Bräunlich verrauchte Wände, zerrissene Tapeten, graugelbes Mobiliar, vis-à-vis der Gare d'Austerlitz. Wir sitzen weit hinten im leeren Raum, auf einer zerschlissenen Lederbank. In einem hoch über der Theke angebrachten Fernseher läuft eine deutsche Krimiserie aus den siebziger Jahren, ohne Ton. Ich habe den Arm ganz sacht um Farahs Hüfte gelegt. Sie lässt es geschehen. Ich rieche an ihren Haaren. Ich sehne mich nach ihr. Ihre Stimme gefällt mir. Ihre Ausstrahlung gefällt mir. Ich kann ihr doch den wichtigsten Grund meiner Zuneigung nicht nennen: das Fremde an ihr. Ihr Nichtwissen amüsiert mich, ihre Ahnungslosigkeit und Unbelastetheit erfrischen mich, ihre Sicht auf die Welt unterscheidet sie von allen Frauen, denen ich je begegnet bin.

»Glauben Sie mir, Max, bitte, ich sage es Ihnen zum dritten oder vierten Mal, ich kann Sie nicht in mein Herz aufnehmen, selbst wenn ich wollte. Ich habe weder die Zeit noch die Kraft dazu. Ich traue Ihnen nicht über den Weg. Kaum würde ich mich Ihnen auch nur einen einzigen Tag lang nähern, schon wären Sie über alle Berge. Sie sammeln Frauen, wie andere Menschen Schmetterlinge sammeln. Ich bin kein Schmetterling.«

– Sag ihr endlich klar und deutlich, dass das einfach nicht stimmt! Aber sag es ihr diesmal so, dass sie's dir auch glaubt!

»Sie sehen mich vollkommen falsch, Farah, ich weiß nicht, wie Sie auf die Idee kommen, dass ich jeder Frau ... nachlaufe. Davon kann – ich schwöre es Ihnen hoch und heilig – keine Rede sein. Das wäre doch grauenhaft, unerträglich. Was kann ich tun, damit Sie mir glauben?«
Es macht mich schwindlig, dieses eigenwillig-verträumte Lächeln. Sie legt ihre schmale, schöne Hand auf meine Hand.
»Sie werden«, sagt sie dann, »ein Buch über alle Ihre Beziehungen schreiben, Sie werden zu Protokoll geben, was Sie bisher im Leben erlebt und erlitten haben ... Sie arbeiten Ihre Berichte aus der Vergangenheit in jenes Buch ein, von dem Sie mir erzählt haben, an dem Sie gerade sitzen, Ihr Herzbuch. In ein paar Wochen, Monaten, oder in einem Jahr, ich weiß ja nicht, wie lange Sie benötigen, es abzuschließen, zeigen Sie mir das Ergebnis. Dann sehen wir weiter. Vielleicht traue ich Ihnen ja nach der Lektüre doch noch über den Weg. Wenn ich einmal die Wahrheit über Ihre Vergangenheit kenne. Aber die gesamte Vergangenheit muss darin zur Sprache kommen, von Ihrer ersten Liebe bis zum heutigen Tag. Von Ihren ersten Leiden bis zu Ihrem Zustand am Tag der Manuskript-Ab-

gabe. Ich muss alles über Sie und Ihr Herz wissen, bevor ich mich je mit Ihnen ... einließe.«

– Darauf können wir doch eingehen?
– Mischst du dich schon wieder ein, mein Herz? Keine Frau, der ein Mann seine Vergangenheit beichtet, wird mit diesem Mann je wieder etwas zu tun haben wollen. Nichts Unsinnigeres könnten wir tun, als Farahs Wunsch zu entsprechen. Sie wird uns danach sofort fallen lassen.
– Im Gegenteil. Sie wird uns unsere Ehrlichkeit hoch anrechnen.
– Ich kenne die Frauen.
– Mach, was du willst!

»Monsieur Max? Sie sind so still?«
»Wenn Sie das wirklich wollen, Farah ... Aber nach der Fertigstellung muss mein Text dann ja auch noch übersetzt werden. Sonst verstehen Sie wieder kein Wort ...«
»Ich gedulde mich. Und geben Sie Acht: Ich darf in Ihrem Buch nicht vorkommen. Mit keiner Silbe. Man könnte mich wiedererkennen. Und ich befände mich in Lebensgefahr.«
»Schade. Ich hätte gerne über Sie geschrieben.«
»Ausgeschlossen! Und ich will Sie in den Monaten, in denen Sie an der Sache arbeiten, trotzdem so oft wie möglich sehen und mit Ihnen spazieren gehen.«
»Und falls mein Text Sie überzeugt, wären Sie dann also doch bereit, Ihren Mann und mich, uns beide, in Ihr Leben einzuweben?«
»Überqueren wir die Brücke, sobald wir sie erreichen ...«
»Frauen sind mir ein Rätsel, Farah.«
»Männer werden mir immer ein Rätsel bleiben, Monsieur.«
An der Métrostation vereinbaren wir ein Wiedersehen in ei-

ner Woche: am selben Ort, zur selben Zeit. Ich beuge mich zu ihr hinab, presse sie an mich, ein wenig zu fest vielleicht, sie windet sich aus dem Umarmungsgriff, legt aber ihren Handrücken an meine Wange. Sie verschwindet in den Gängen der Station. Augenblicke später vibriert mein Telefon. Eine Textnachricht: »Je crois au hasard. Votre Farah des montagnes.« Ich kann mich nicht erinnern, ihr je meine Nummer gegeben zu haben.

Selbstheilung

1.

Nach drei Tagen durftest du die Intensivstation verlassen; Herr Heinz holte dich mit einem frisch überzogenen Bett ab und rollte uns in Richtung Hauptgebäude. Da waren wir wieder: im großen, hohen, hellen Einzelzimmer D 205. Grellgelbe Blumen erwarteten dich, ein Gruß des ehemaligen Klassenkameraden Fürst, der sich für die Rüpelhaftigkeit seiner Freunde entschuldigte. Die plötzliche Ruhe und saubere Leere des Zimmers griff nach dir. Alles kam dir und mir fremd vor. Die Eltern kamen uns fremd vor. Ihre ersten Besuche ermüdeten dich und mich. Ihre Sanftheit enervierte dich. Du hast sie gebeten, Vivien nicht zu dir zu lassen, du wolltest sie nicht sehen. (Das war der Beginn eurer Entfremdung, die bis heute andauert. Du solltest unsere Schwester, die in Kanada lebt, seit damals nur drei- oder viermal wiedersehen.)
Röntgenbilder wiesen auf eine Verschattung über dem rechten, mittleren Lungenflügel hin, daher rührte auch deine permanent erhöhte Temperatur. Sie kletterte auf 38,8. Penicillin tropfte fortan in deine Venen, bei Tag und bei Nacht. Die Infusionen zeigten keine Wirkung: Du hattest seit dem Rheumatischen Fieber, acht Jahre zuvor, bei jeder Erkältung, Bronchitis, Halsentzündung, bei jeder noch so harmlosen Grippe hohe Dosen Penicillin zu dir genommen. Jetzt, da die Heilkräfte der Antibiotika dringender benötigt wurden denn je, schlug das Mittel nicht mehr an.
Am neunten Tag nach der Operation spürtest du bei tiefen Atemzügen ein heftiges Stechen in der rechten Lunge, fragtest jeden Mediziner, der dir nahe kam: »Ist die Lage ernst?«

Ausnahmslos erhieltst du die Antwort: »Das Fieber wird nachlassen!« Es ließ nicht nach. Dein Gewicht nahm stetig ab.
Schwester Eva tat mit einem Mal auf der Normalstation Dienst. Du hast dir eingebildet, sie habe sich deinetwegen versetzen lassen. »Meinetwegen?«, fragtest du. Sie errötete. Sobald sie ein paar Minuten Zeit fand, eilte sie immer gleich zu dir. Eines Nachmittags schob sie ein frisch gebügeltes Hemd in den Wandschrank – und verrückte dabei versehentlich das magnetische Schachspiel. Du hattest vergessen, die Figuren mit Klebstoff zu fixieren. Alles war verschoben. Ein sicheres Omen: Deine Genesung war gefährdet, wenn nicht sogar verspielt.
Am Abend des fünfzehnten Tages nach dem Eingriff sahst du am kleinen Apparat, der schief am Bettende stand, einen Bericht über indische Yogis. Das Schwarzweißbild hüpfte, dehnte sich, zitterte, es war unscharf, so verzweifelt du die beiden Antennen auch vor und zurück bewegtest. Du hast die Männer und Mädchen bewundert, ihre Verrenkungen, ihre geschmeidigen, kerngesunden Leiber bestaunt. Ihre hellen Fingernägel auf den Fellen der Tempeltrommeln! Du sehntest dich, im Ganges zu schwimmen, den Fluten als Neugeborener zu entsteigen. Nie fühltest du dich jämmerlicher als an diesem Abend. Eva tat Dienst in dieser Nacht. Sie konnte dir nicht helfen. Heinz gesellte sich zu euch. »Was gibt es da zu schmunzeln?«, wollte Eva von ihm wissen. »Der junge Herr wird langsam zum Skelett!«, gab der Pfleger zurück.
Am nächsten Morgen erwachtest du so schwach, dass du keine Nahrung mehr zu dir nehmen konntest oder wolltest. Den ganzen Tag lang hörtest du Radio, selbst die Lokalnachrichten mit den Verlustanzeigen: Siegfried, der Kater aus Hernals, seit Tagen vermisst. Eine goldene Omega-Armbanduhr wurde gefunden, abzuholen im Kommissariat Rossauer

Lände. Ein Reisepass, ausgestellt auf den Namen Philomena Kratochwil, Finderlohn garantiert. Du hast Hörspielen und dem Schulfunk, dem Landfunk, Konzertübertragungen und Romanepisoden gelauscht. Die Schokolade-Kastanien, die man dir brachte, zergingen sofort: Das Fieber ließ sie im Mund schmelzen wie Schnee im Hochsommer. Du hast jeden Mauervorsprung abgesucht, jeden Riss in der Wand begutachtet, die kleinen, im Licht flimmernden Schlüssel der Wandschränke in Augenschein genommen, wohl tausendmal. Der Blick wanderte weiter, an der Wand entlang, bis er schließlich an der großen Uhr hängen blieb und sich in die schwarzen Zeiger verlor, sich in sie hineindachte, mit ihnen verschmolz. An einem dieser Tage begab sich unser Vater, Sohn gänzlich assimilierter Juden, in die Peterskirche im ersten Wiener Bezirk, warf dort mehrere Münzen in eine Blechdose und kaufte eine große, dicke weiße Kerze. Es war das erste Mal in seinem Leben, dass er in einer Kirche eine Kerze anzündete. Es war das erste Mal in seinem Leben, dass er in einer Kirche ein Gebet sprach. An jenem Abend – er hatte uns von seiner Fürbitte berichtet – bekamen wir es mit der Angst zu tun, du und ich.

Mutter traute den Ärzten nicht länger. Sollte nicht unverzüglich eine neue Therapie an uns ausprobiert werden, wollte sie ein Spezialistenteam zusammentrommeln und dich in ein anderes Spital überführen lassen, innerhalb der nächsten vierundzwanzig Stunden.

In der Nacht nach Vaters Stoßgebet und Moms Alarmruf betrat Liehm unser Zimmer. Er schaltete das Licht nicht an. Du erkanntest nur seine Umrisse. Er setzte sich an den Bettrand und legte eine große, warme Hand auf deine Brust. Zum ersten Mal sah er dich direkt an. »Die Operation ist gut gelaufen. Die Begleitumstände des Heilungsprozesses jedoch sind denkbar ungünstig. Sie haben eine schwere Entzündung der Lunge. Sie sind gegen das Penicillin, das wir Ihnen in hohen Dosen verabreichen, ganz und gar immun. Die Schulmedizin kann Ihnen nicht weiterhelfen. Es gibt, ich sage es Ihnen offen, nur eine Möglichkeit für Ihre Heilung. Es wird Sie in Staunen versetzen, dass jemand wie ich Ihnen diese Lösung vorschlägt. Es gibt jetzt nur den Weg der Selbstheilung. Ich werde Ihre Narbe, die schon ganz gut verheilt ist, öffnen. In den nächsten Tagen und Nächten wird aus diesen Wunden alles Schlechte, Üble und Infizierte herausströmen, in ununterbrochenem Fluss. Sie müssen sich mit all Ihrer Kraft darauf konzentrieren, das Kranke aus sich herauszustoßen. Ich tue Ihnen jetzt einen Augenblick weh.« Und er kratzte die verheilte Narbe mit dem Nagel des Zeigefingers seiner rechten Hand an zwei Stellen auf. Du hast »danke!« geflüstert. Er stand auf. »Man wird Sie einbandagieren. Lassen Sie alles da rausfließen. Alles. In zwei Tagen geht es Ihnen besser. Ich verspreche es Ihnen.«

Nach zwei Tagen ging es dir besser. Das Fieber ließ nach. Du hattest zwölf Kilo verloren. Zwei Tage und zwei Nächte lang war durch die beiden Brustwunden, deine Stigmata, hellgelbe Flüssigkeit gesickert, ohne Unterlass. Jede neue Bandage war nach kürzester Zeit vollkommen durchtränkt. Liehm trieb in der Zwischenzeit einen weit über die Landesgrenzen gerühmten Immunologen auf, der uns ein auf Eiweißbasis beruhendes Medikament verabreichte. Die Gamma-Globulin-Infusionen steigerten deine Abwehrkräfte augenblicklich. Vater schmuggelte Nacktmagazine ins Spitalszimmer, in der Hoffnung, sie könnten zu deiner Genesung beitragen.

– Das musst du nicht so genau berichten, lass das bitte.
– Bist du prüde, mit einem Mal?

– Warum alles preisgeben?
– Wir müssen Farahs Wunsch entsprechen, c'est tout.
– Sie soll nicht alles erfahren!
– Sie muss alles erfahren …

Im Verebben des Fiebers hob ich deinen Körper aus der Verankerung und ließ uns fliegen, fliehen, hoch über dem Erdball, weit über die Wolken. Mein Palast dehnte sich aus, bis in die entferntesten Winkel des blauen Planeten. Du hast den Kopf so sonderbar nach hinten verdreht, in Richtung des Fensters, das auf den Innenhof ging – in dem die Wiener Angsttauben gurrten –, und erkanntest Südkalifornien: breite Straßenzüge, weiße Villen, Palmenhaine, majestätische Strandbilder. Du blicktest auf Venice und Santa Monica, auf San Diego und La Jolla. Dorthin ziehst du, sobald du ganz genesen sein würdest, das wusstest du mit Sicherheit.
Herr Heinz stand an der Pforte, als du den Trakt zehn Tage später verlassen hast. »Warst eh a ganz a netter Patient. Kommt nicht so oft vor. Hoffentlich is' alles wieder gut. Repariert. Wenn nicht, kommst halt wieder, dann schneid' ma dich a zweit's Mal auf …«
Du hast ihm für seine guten Worte gedankt.

2.

Salzburg versank im Schnee. Damals fiel noch viel Schnee in Mitteleuropa. Deine Bücher, deine Schallplatten, dein besenkammerkleines Zimmer nach zwei Monaten Abwesenheit wiederzusehen … Mein ruhiges, gleichmäßiges Klopfen zu verspüren! Nein, eben nicht: Gerade das machte dich ja so glücklich, mich nicht mehr ununterbrochen wahrzunehmen.

– Dir hat deine plötzliche Regelmäßigkeit doch sicher auch gut getan?
– Es war wie im Traum.

Schwester Eva stattete dir einen Besuch ab, bereits drei Wochen nach unserer Rückkehr. Sie nahm ein Familienereignis zum Anlass, sich auf die Reise zu begeben. Beim Wiedersehen sagte sie: »Wir verdienen unsere Begegnungen, sie sind mit unserem Schicksal verknüpft und haben eine Bedeutung, die wir aufdecken müssen.« Es gelang dir, sie eines Nachmittags in das Mansarden-Atelier eines Bildhauerfreundes zu locken, in dem du dir ein Kämmerchen eingerichtet hattest. Da gab es einen Lichtapparat, der psychedelische Farben produzierte, einen kleinen, aufklappbaren Mono-Plattenspieler und Magazine, Bücher, Manuskripte. In der Kammermitte stand ein Klappbett. Du zerrtest an Eva wie an einer übergroßen Puppe. Es hat sie nicht gestört. Im Gegenteil. Sie küsste dich, du küsstest sie zurück. Tiefe Zungenküsse, sonst aber geschahen kaum Berührungen. Dabei hätte sie sich so danach gesehnt.

– Ich fühlte mich schwach. Meine große Narbe war noch ganz fleischig, wulstig, rot. Sie tat weh, bei der kleinsten Bewegung.
– Du hättest es sicher geschafft. Es hätte dir gut getan.
– Sie roch nach Spital.
– Sie war in dich verliebt.
– Sie war so dünn. So dürr. Ich wollte sie nicht nackt sehen.
– Sie war unendlich enttäuscht.
– Das glaube ich nicht. Glaubst du?
– Ich weiß es. Sie hat es mir zugeflüstert.

Ärzte, Assistenten, Schwestern hätten dich allesamt angelogen, erzählte Eva. Ein heimtückischer Infekt, der seit Jahren im Krankenhaus zirkulierte, immun gegenüber jeder Bekämpfung, hatte deine Lungen befallen. Er war es, der in Wahrheit dein Leben bedrohte.
»Wir waren sehr traurig, meine Kolleginnen und ich, dass ein so reizender junger Mann von uns gehen muss. Auf den Gängen und in den Besprechungszimmern der Station war man so gut wie sicher, Patient Stein würde sterben.«

– Das war der Moment, in dem ich den Entschluss fasste, meinen Namen zu ändern.
– Dein Geburtsname gefiel mir besser. Max David Villanders klingt ein bisschen gewollt. Findest du nicht?
– Ich hatte genug davon, immer gefragt zu werden: Sind Sie mit dem berühmten Filmregisseur John Stein verwandt?
– Mich, dein Herz, hat das immer stolz gemacht.
– Mich nicht. Ich finde Villanders wunderbar. Viel anders … Der Name der Südtiroler Ortschaft, die ich in der Kindheit besonders liebte. Ich stehe dazu.
– Das wäre ja auch traurig, wenn du nicht zu deinem Namen stündest.

Die Weiberliste

1.

DAS HERZ: Wir verließen ein halbes Jahr nach meiner Reparatur das Elternhaus und übersiedelten nach San Diego. Dein Leben, unser Leben hat neu begonnen.

VILLANDERS: Du erzählst aber jetzt nicht Tag für Tag, Jahr für Jahr, meine Lebensgeschichte seit deiner ersten Operation nach?

DAS HERZ: Warum nicht?

VILLANDERS: Nichts als den eigenen Wind im Rücken verspürend? Mir wäre es lieber, wir schauten in die Zukunft, statt unentwegt im Vergangenheits-Weiher zu fischen.

DAS HERZ: Du redest so geschwollen.

MAX DAVID: Dein Einfluss …!

DAS HERZ: Was schlägst du vor?

VILLANDERS: Eine knappe Zusammenfassung der gesunden Epoche. Drei Jahre Kalifornien. Ein Jahr Jerusalem. Vier Jahre London. Fünf Jahre zurück in Wien. Mittlerweile seit langer Zeit in Paris. Das genügt doch vollkommen!

DAS HERZ: Wir überspringen Jahrzehnte? Wie stellst du dir das vor? Das würde zu einem eminenten dramaturgischen Ungleichgewicht in unserem Text führen …

VILLANDERS: Eine Art Rhythmusstörung in der Dramaturgie?

DAS HERZ: So ähnlich meine ich das. Und was geschähe mit Farahs Wunsch, unsere Liebesvergangenheit kennen zu lernen?

VILLANDERS: Ich möchte ihrem Wunsch ohnehin nur sehr begrenzt nachkommen.

DAS HERZ: Dann lässt sie sich sicher nicht mit dir ein. Und mein Interesse am Projekt des Nacherzählens ließe schlagartig nach.

VILLANDERS: Zu Beginn der Arbeit stellte ich dir die Frage: Wen, außer uns beide, soll deine Nacherzählung unserer Vergangenheit interessieren? Da gabst du sehr überzeugend zu Protokoll: jeden, der gelitten hat. Oder leiden muss. Oder leiden wird. In Wirklichkeit hattest du von Anfang an nur Farah im Sinn.

DAS HERZ: Nicht nur. Aber auch. Das mag schon sein.

VILLANDERS: Verdrehe mir nicht den Kopf mit deiner Farah!

DAS HERZ: Mit meiner Farah?

VILLANDERS: Und was geht es dich an, wen ich liebe, wen ich nicht liebe?

DAS HERZ: Ohne meine Hilfe kannst du nicht lieben. Weder seelisch noch physisch.

VILLANDERS: Das kann ich sehr wohl.

DAS HERZ: Man hält das Gehirn und die Gene für den Hort aller Gefühle. Davon kann keine Rede sein. Wir Herzen besitzen alle Macht. Wir sind die zentrale Metapher, komme, was wolle. Alles, was Männer und Frauen bewegt, spielt sich in unseren elektrischen Kammern ab.

VILLANDERS: Bescheiden bist du ja nicht gerade, will mir scheinen. Ich wünschte, ich wäre so von mir eingenommen, wie du es von dir bist.

DAS HERZ: Sei stolz darauf, mein grundverschiedener siamesischer Zwilling zu sein.

VILLANDERS: Du wolltest also Schritt für Schritt unsere Lebensstationen nachzeichnen und parallel dazu jede meiner Eroberungen vermerken?

DAS HERZ: Das hast du Farah versprochen. Das ist ihre Vorbedingung.

VILLANDERS: Wir schreiben dieses Buch also in erster Linie für Farah? Nicht für ein lesendes Publikum?

DAS HERZ: In erster Linie für Farah.

VILLANDERS: Aber – ich will ja gar nichts von ihr ...

DAS HERZ: Natürlich willst du. Wie selten zuvor in deinem Leben ... Ich spüre deine Gier nach ihr. Warum gerade nach ihr, das weißt nur du.

VILLANDERS: Ich gebe drei oder vier Beziehungen zu – den Rest unterschlage ich.

DAS HERZ: Dann helfe ich dir ab sofort nicht mehr, dich zu erinnern. Weder an die Frauen noch an die Geschichte unserer gesunden Jahre.

VILLANDERS: An manche Beziehungen erinnere ich mich sicherlich auch ohne deine Hilfe.

DAS HERZ: Das hieße, du kannst mit meiner Mitarbeit ab sofort nicht mehr rechnen.

VILLANDERS: Man sagt, wenn das Herz denken könnte, hörte es auf zu schlagen. Ich glaube eher das Gegenteil ist wahr. Wir müssen weiter im Text, mein Herz.

DAS HERZ: Erzähle du. Dein Über-Ich muss sich ein wenig ausruhen, sich von dir erholen.

2.

Erste Station Südkalifornien. Am College der UCSD, der University of California San Diego, belegte ich sieben Kurse, darunter Astronomie, Philosophie, Geschichte des Mittelalters, Stückeschreiben. Warum zog ich nach San Diego? Herbert Marcuses Hauptwerk, »Der eindimensionale Mensch«, begeisterte mich: die These, das Individuum sei durch unsere Konsumgesellschaft konstanter Manipulation unterworfen.

Die Idee, man solle sich den Ideologien durch eine bewusste »Große Verweigerung« widersetzen. Das Spiel, die Freude, schwebten ihm als Ideal vor, ein utopischer Ansatz, mit dem ich in jüngeren Jahren etwas anzufangen wusste.

Marcuse unterrichtete damals in San Diego. Seinem Philosophie-Unterricht beizuwohnen lasse mich, dachte ich, zu den Privilegierten dieser Erde zählen. Der alte Herr zeigte sich mir gegenüber milde, neugierig, hörte mir zu, das hatte ich bis dahin kaum gekannt: ernst genommen zu werden. Auch meine Begegnungen mit Marcuses Freund, dem Schriftsteller Reinhard Lettau, der an der UCSD Germanistik lehrte, bedeuteten mir viel. Er hatte Ende der sechziger Jahre so kompromisslos gegen das Establishment gewettert, dass die Bundesrepublik Deutschland ihn auswies. Das imponierte mir. Seine Kurzgeschichten gefielen mir, etwa »Der Feind«, eine Spiegelung der Lächerlichkeit allen Soldatentums. Lettau sagte mir einmal während einer Autofahrt zur nahen mexikanischen Grenze: »Herbert und ich erwarten Großes von Ihnen, Max David!«

Man kann das Stückeschreiben nicht erlernen. Ich hatte Glück: In Gary McGill fand ich einen Lehrer, der mir bestimmte Gesetze der Dramatik beizubringen imstande war; ich halte mich bis heute an seine achtunddreißig Grundregeln. McGill lebt nicht mehr, er zählte zu den Ersten, die in den späten siebziger Jahren an einer damals noch rätselhaften Krankheit zugrunde gingen, die man seit 1983 Aids nennt. In seinem Kurs verliebte ich mich – zum ersten Mal im Leben. Laura studierte neben Drama 101 chinesische Literatur und Geschichte, sie nahm an geheimen politischen Versammlungen teil, die Mao Tse-tungs Lehre propagierten. Ihre Eltern stammten aus Norwegen, ihr Vater, das gefiel mir, arbeitete für die Vereinten Nationen als Friedensvermittler in Angola.

Laura war nicht besonders hübsch, aber zärtlich, klug, lustig; der liebenswürdigste Mensch, dem ich bis dahin begegnet war. Mit ihr die Tage und Nächte zu verbringen ließ mich zu einem anderen Menschen werden – ich war glücklich. Nie zuvor hatte ich mich mit einem Nicht-Verwandten so wohl, so sicher, so sehr ich selbst gefühlt wie mit ihr. Gelegentlichen Streit genoss ich; das Sanfte an Laura kam durch den Kontrast erst richtig zur Geltung.

Drei Monate später lernte Laura während einer kurzen Reise nach Spanien einen Theaterregisseur kennen, der sie nicht nur dazu brachte, San Diego zu verlassen, ihr Studium abzubrechen und in Europa Schauspiel zu lernen, sondern auch dazu überredete, nach Madrid zu übersiedeln und mit ihm zusammenzuziehen. Ich habe sie seither niemals wiedergesehen und nie wieder ein Lebenszeichen von ihr erhalten.

Ich muss die Liste wiederfinden, die Liste mit meinen Eroberungen, ohne die Liste kann ich mich an meine Erinnerungen nicht präzise erinnern. Ich durchwühle mein Arbeitszimmer auf der Suche nach der Weiberliste.

An meinem Brustbein reibt ein Kitzeln; du lachst mich aus? Was für ein eigenartiges Gefühl, sein Herz beim Lachen wahrzunehmen.

– Man sagt Frauen. Oder Damen. Oder Mädchen. Jedenfalls nicht Weiber.
– Arbeitest du also doch wieder mit?
– Ungern.
– Du kannst nicht ohne mich!
– Und du kannst nicht ohne mich.
– Es macht mich glücklich, mein Herz, wenn du den Faden wieder aufnimmst.

Erinnerst du dich, wie du beschimpft wurdest, als Neunjähriger, im Wiener Friseursalon Krené, in der Schulerstraße? Vater war für Dreharbeiten verreist, wie so oft. Während Mom eine Dauerwelle gelegt wurde, hast du auf einem Hocker im Coiffeurladen gesessen und einen Brief nach Kanada geschrieben. Die erste Zeile lautete: »Geliebter Papa, ich sitze neben der Mammi im Weibersalon ...« Eine Friseuse hat dir über die Schulter gesehen und mitgelesen. »Eine solcherne Frechheit! Was fällt dem ein, dem Bub'n? Wir sind keine Weiber. Wir sind Frau'n. Schämst dich nicht?« Und dann beschimpfte sie Mom – Jahrzehnte vor Beginn der Frauenemanzipation. Mutter schmunzelte, kaum merklich.

– Du weichst ab. Erzähle, wie es nach Lauras Verschwinden weiterging.
– Liegt wieder alle Last auf mir? Du bemerkst gar nicht, wie sehr du mich überbeanspruchst, day and night ...
– Ich war zweiundzwanzig Jahre alt, hatte Kalifornien bald verlassen, nach der Katastrophe mit Laura.
– Der erste gute Moment nach ihrem Verschwinden: deine Begegnung mit Catherine, auf einem hochsommerlichen Provinzbahnhof, ein knappes Jahr später.
– Ich beobachtete eine junge Frau, die auf Bahnsteig Eins auf ihren Zug wartete.
– In Vierzon, nahe Tours, im Herzen Frankreichs ...
– Mein Schnellzug nach Paris stand schon auf Bahnsteig Zwei, ich lief durch die Unterführung, warf der Unbekannten vorher noch einen Blick zu ...
– Einen Röntgenblick, wie sich Catherine später oft erinnern sollte. Sie sah auf, du verschwandest im Tunnel. Hast deinen Zug bestiegen und bist ans Gangfenster gelaufen, wolltest über die Schienen hinweg noch einmal nach ihr sehen. Ge-

rade in dem Moment fuhr die Lokalbahn ein, auf Gleis Eins, versperrte dir die Sicht. Wie schade!, dachtest du. Eine halbe Minute verging.
– Plötzlich öffnete sich ein Fenster der Lokalbahn, genau gegenüber der Stelle, an der ich stand. Die Engelshübsche freute sich über das unverhofft-erhoffte Wiedersehen, der Abstand zwischen uns betrug kaum mehr als zwei Meter. Eine krächzende Lautsprecherstimme sagte die Abfahrt des Schnellzugs durch, die junge Frau schrieb rasch etwas auf einen Zettel.
– Und dann beugte sie sich weit, viel zu weit aus dem Fenster, hielt dir das winzige Stück Papier hin, du hast deine Hand so weit wie möglich ausgestreckt, um danach zu greifen.
– Unsere Fingerspitzen berührten sich – mein Zug fuhr ab. Ich entzifferte ihre schon damals unmögliche Schrift: Catherine Malamud, 4, Avenue du Miremont, Genève, Suisse.

Ihr habt einander Briefe geschrieben. Sie ging noch zur Schule, hatte ihr Abitur noch nicht abgelegt. Erst zwei Jahre danach bist du ihr zum ersten Mal wiederbegegnet, hast an ihrer Wohnungstür geläutet, ohne dich vorher anzukündigen. Sie lebte bei ihrer Mutter. Catherine fiel dir um den Hals, als hätte sie mit deinem Auftauchen gerechnet. Euer Glück währte nicht lange. Schon Monate später heiratete sie einen viel älteren serbischen Schuhfabrikanten, den entfernten Cousin ihres jung verstorbenen Vaters. Nach zehn Jahren habt ihr euch wiedergesehen, im Bauch eines Schiffs, das den Ärmelkanal überquerte. Sie lebte in Scheidung. Bald danach seid Ihr zusammengezogen. Fünf Jahre später habt ihr endlich geheiratet. Eine Phase der Gesundheit und der ununterbrochenen Kreativität hat damals begonnen. Deine Erfolgsjahre wären ohne Catherine undenkbar.

3.

Ich suche in meinen Mappen, Schubladen, Kartons nach der Weiberliste, stoße auf Fotos, Briefe, Tagebuchaufzeichnungen aus fünf Jahrzehnten. Die Liste ist verschwunden. Eine Liste, die mit Felicitas Junghans beginnt und mit meiner Eheschließung keineswegs endet – auch die Seitensprünge seit meiner Hochzeit sind darin vermerkt. Aus dem Gedächtnis rekonstruiere ich das System der Liste, welche den Ziffern 1 bis 10 bestimmte Ereignisse im Umgang mit meinen Eroberungen zuordnete: 1: Kennenlernen, 2: Unbedeutende Liebkosungen, 3: Der erste Kuss, 4: Berührungen der Brüste über der Kleidung, 5. Berührungen der Brüste unter der ...

– Hör sofort auf! Du wirst mir doch jetzt nicht Ziffer nach Ziffer vortragen? Ist dir das nicht peinlich?
– Sollte es mir peinlich sein? Bist jetzt mit einem Mal du der Prüdere von uns beiden, mein Herz, mein Über-Ich, mein Doppelgänger?
– Man käme nie auf die Idee, deine Küsse, deine Berührungen hätten auch nur entfernt etwas mit Liebe zu tun.
– Die Ziffer 9 bedeutete: Am Ziel. Ziffer 10: To spend the night together.
– Deine Liste klingt kindisch.
– Bitte hilf mir. Wo könnte ich sie abgelegt haben?
– Warum erzählst du nicht von der großen Feier in Jerusalem?
– Du hast wohl nicht alle Tassen im Schrank.
– Was spricht dagegen?
– Alles spricht dagegen. Damit würde ich Farah wirklich für alle Zeit vertreiben.
– Ich nehme die Verantwortung auf mich ...

– Außerdem müsste ich Dante sein, um dieses Inferno überzeugend wiederzugeben.
– Bei mir bist du Dante. Und mehr. Lass mich dein Virgil sein.
– Ich soll ein demütiges Bekenntnis all meiner Verirrungen ablegen, werde in den Fluten des Lethe entsündigt und kann mich daraufhin mit meiner Beatrice vermählen, die allerdings den Namen Farah trägt.
– Das meinte ich.
– Das Fest in Jerusalem?
– Unbedingt!
– Du bist verrückt.
– Das mag sein.
– Lassen wir also alle Hoffnung fahren …

4.

Vier Monate vor meinem fünfzigsten Geburtstag erhielt ich einen eingeschriebenen Brief, in dem mich das Jerusalemer Stadttheater, das »Sherover«, herzlich einlud, mit meiner Frau und meinen Töchtern drei Tage als ihr Gast im Hotel King David zu verbringen. Zwei Suiten stünden uns zur Verfügung. Man wisse, was Jerusalem für mich und mein Werk bedeute. Das 1990 in London uraufgeführte und von 1992 bis 1995 nahezu ohne Unterbrechung am »Sherover« gespielte Theaterstück »Mamme Gigi« lege dafür mehr als deutlich Zeugnis ab. Das Theater erachte es als Ehre, mich anlässlich meines runden »Wiegenfestes«, wie es in der auf Deutsch verfassten Einladung hieß, samt Familie in Israel begrüßen und feiern zu dürfen. »Wiegenfest« – wie unjüdisch das klang. Der Name des Absenders ließ sich nicht identifizieren, es hieß nur: Die Direktion. Darüber lag der Schwung einer großspurigen, mit Tinte verfassten Unterschrift, die der Silhouette einer Heuschrecke glich.

Ich antwortete postwendend: »Wir freuen uns sehr. Meine Töchter studieren in den USA und werden leider nicht dabei sein können, sie erachten das Begehen von Geburtstagsfesten ohnehin als goyisch und gänzlich überflüssig. Meine Frau und ich nehmen Ihre Einladung gerne an. P. S.: Natürlich genügt eine Suite!«

Die beiden Flüge, Business Class tour-retour, wurden von den Gastgebern bezahlt. Niemand kam zum Flughafen, um uns abzuholen. Das störte uns nicht, es kam uns nur ein wenig seltsam vor. Wir nahmen ein Taxi, Catherine empfahl mir, die Rechnung aufzuheben. Spät abends erreichten wir Jerusalem, bezogen eine grandiose Zimmerflucht im obersten Stockwerk des Hotels. Der Blick auf die beleuchtete Altstadtmauer erfüllt mich jedes Mal mit einer Mischung aus Stolz, Heimatgefühl und tiefer Verzagtheit. Mein Ruinenblick lässt mich Zukunft schauen: Jerusalem wird noch vor dem Ende des einundzwanzigsten Jahrhunderts vollkommener Zerstörung zum Opfer fallen.

Ich trat auf den Balkon, die Frühjahrsluft schmeckte nach Jasmin, ich fühlte mich kräftig und gesund wie seit Jahren nicht mehr. Ich hatte deinen Rhythmus seit Jahren ganz und gar im Griff. Catherine folgte mir nach draußen, umarmte mich, ihre Umarmungen sind immer ein Zeichen allerhöchster Zufriedenheit. Sie behält ihre Zu- und Abneigungen in der Regel für sich, sie lassen sich von ihren Augen, ihren Gebärden kaum ablesen. Sie hielt ein Kärtchen in der Hand, das neben der Mineralwasserflasche und dem großzügig bestückten Obstkorb lag: »Wir freuen uns, Sie in unserer Stadt begrüßen zu dürfen, und bitten Sie, morgen Abend ab neunzehn

Uhr in der sechsten Etage in Zimmer 609 an einem kleinen Umtrunk zu Ihren Ehren teilzunehmen.« Die Nachricht war mit den Buchstaben SVB unterzeichnet. Wie konnte ich wissen, wer sich hinter den Initialen verbarg. Catherine wirft mir bis heute, gut vier Jahre nach dem Ereignis, vor, ich hätte in jenem Moment erkennen müssen, was auf uns zukommen würde. Ich ahnte nichts, gar nichts. Catherine und ich schliefen sogar miteinander, in dieser Nacht, rasch zwar, aber umso lüsterner. Es war seit über einem Jahr nicht mehr vorgekommen, dass wir Liebe machten.

Wir verbrachten den nächsten Tag, meinen Geburtstag, auf dem abwechslungsreichsten Spazierweg, den ich kenne, der Umwanderung der Jerusalemer Altstadt, hoch oben auf der Stadtmauer. Hielten uns zum Abschluss eine Stunde im armenischen Viertel auf, wo uns mein langjähriger Freund, der Historiker Kevork Hintlian, empfing.

Kurz vor achtzehn Uhr kehrten wir ins Hotel zurück, beide recht müde. In der Halle fiel mir eine Frau in meinem Alter auf, die mich wie ein fernes Echo an jemanden erinnerte, den ich vor Jahren gekannt hatte. Sie sah uns nicht, als wir den Aufzug bestiegen – und ich machte mich nicht bemerkbar.

»Was hast du?«, wollte Catherine wissen, als wir die Suite betraten.

»Ich war in Gedanken.«

»Kein Grund, mich so böse anzuschauen.«

»Ich schaue nicht böse, mein Schatz. Ich konzentriere mich.«

»Worauf?«

»Ich bereite eine kleine Rede für die Theaterleute vor ...«

Sie nahm ein Bad. Sie ließ sich Zeit. Machte sich schön. Schminkte sich ganz langsam. Zog das dunkelblaue Abendkleid an, das ich ihr unlängst geschenkt hatte. Es war neunzehn Uhr fünfzehn, als ich sie zum ersten Mal daran erinnerte, dass man uns ab neunzehn Uhr erwarte. Sie reagierte ungehalten: »Dann geh voraus! Niemand wird von dir erwarten, dass du auf die Minute pünktlich erscheinst. Aber wenn du meinst. Geh nur ...« Ich geduldete mich. Um neunzehn Uhr vierzig war sie endlich so weit.

Wir stiegen die wenigen Stufen ins sechste Stockwerk hinunter. Heftiger Lärm brandete uns entgegen: lautes Gelächter, stampfende, kreischende Rockmusik, eine Nummer, die ich durchaus mochte: »Highway Star«, von Deep Purple. Catherine bat mich: »Bleibe bitte immer ganz nah bei mir, du weißt, ich hasse Massenereignisse, Partys, alle Arten von Festen. Drei, vier Leute, das genügt mir.« Nie begleitete sie mich nach Premieren in die Lokale, in denen gefeiert wurde, nie kam sie mit mir auf Empfänge mit. Selbst an der Verleihung des französischen Ordre national du mérite im Jahr 1998 nahm sie nur widerwillig teil, wollte sogar am Tag vor der Auszeichnung verreisen.

Wir betraten Zimmer 609. Der mittelgroße Raum war zum Bersten voll. Gelächter, Gespräche verstummten blitzartig. Die Musik kreischte weiter. Als allererstes fiel mir auf: Ich war hier der einzige Mann. Jetzt fingen die Frauen langsam wieder zu lachen an, alle drehten sich nach uns um, die meisten hielten ein Champagnerglas in der Hand. Sie waren ungefähr in meinem Alter, einige deutlich älter. Jede Dame trug in Herzhöhe ein kleines Namensschild. Eine ältere Frau mit dem Schildchen Simone von Beck presste mich an ihre schmale Brust. »Here he is!«, schrie sie, und alle jubelten. Simone von Beck? Die Gedanken überschlugen sich. Die Verbindungstür zum Nebenzimmer 610 stand offen, auch dieser Raum war angemietet worden, und auch jener neben Zimmer 610. Ich bewegte mich wie in Trance. Hörte Zurufe, »Max! Max

David! Hey! Let's have a look at you! Komm hierher! Viens, chéri, viens ici!« Bilder, Farben, Klänge vermengten sich zu einem einzigen, überschäumenden Panikgemälde. Jetzt begriff ich, was hier in meinem Namen geschah. Du, mein Herz, hast so wild gepumpt wie nach einer Gipfelerstürmung. Du verschlugst mir den Atem.

Während eines Empfangs für Alfred Hitchcock in Hollywood, zu dem mich Dramaprofessor McGill mitgenommen hatte, vor beinahe dreißig Jahren, begegnete ich der Frau eines venezolanischen Erdölbrokers; sie stamme, erzählte sie mir, aus uraltem Schweizer Adel. Sie war zehn Jahre älter als ich und gefiel mir, wir kamen ins Gespräch. Beim Abschied fragte sie mich, wo ich wohnte. Bereits am nächsten Abend fuhr sie mit Chauffeur vor: im Fonds einer schneeweißen Limousine. Ich teilte damals mit drei Medizinstudenten ein schäbiges Holzhaus nördlich des Campus, in den Hügeln von La Jolla. Meine Mitbewohner trauten ihren Augen nicht. Ob ich Lust hätte, fragte mich die nahezu Unbekannte, die Nacht mit ihr zu verbringen. Natürlich hatte ich Lust. Ich hatte damals kaum etwas anderes im Sinn als Lust. Wir fuhren eineinhalb Stunden, in stürmische Umarmungen verschlungen, bis wir das Beverly Hills Hotel von Los Angeles erreichten, wo Simone von Beck rund um das Jahr ein halbes Stockwerk zur Verfügung stand.

Wir wurden ein Wesen, während es geschah, Simone und ich. Das hatte ich zuvor noch nie erlebt, auch mit Laura nicht. Am nächsten Morgen wollte ich fort, so rasch wie möglich. Simone von Beck schrie mich an: »Du bleibst hier!« Und als ich trotzdem ging, rief sie mir nach: »Du kommst noch eines Tages in meine Gasse, das schwöre ich dir!« Sie schrieb mir Briefe, Liebesbriefe, die ich bis auf einen besonders zärtlichen unbeantwortet ließ. Mehrmals fuhr die Limousine vor, von

Simone ausgesandt, mich abzuholen – ich versteckte mich, bat meine Wohngenossen, dem Chauffeur einzureden, ich sei nach Europa zurückgekehrt. Als meine ersten Stücke aufgeführt wurden, in Europa, in den USA, meldete sich Simone zurück, sandte mir kleine Lobeshymnen und setzte den Hinweis hinzu, sie habe schon immer an mich geglaubt, seit unserer allerersten Begegnung.

»Ich bin's, ich bin's wirklich, sieh mich nicht so verzweifelt an«, brüllte sie mir ins Ohr, den Lärm in Zimmer 609 des Hotels King David übertrumpfend. »Du wunderst dich, wie ich hierher komme? Ich bin längst nicht mehr mit dem Ölmann verheiratet. Hättest du dich auch nur ein kleines bisschen für mich interessiert, wüsstest du das. Ich bin schon acht Jahre mit einem der beiden Sherover-Direktoren verheiratet, Sheldon hat mich zur Frau genommen, obwohl ich Nichtjüdin bin, ich bin eine der Hauptfinanciers seines Theaters.«

Catherine stand da noch neben mir, fragte leise, man hörte es kaum: »Aber wer ... sind all diese Frauen?!« Simone lachte laut, lachte hyänenähnlich. »Das wird dir dein Mann gleich erklären, mein Liebling!« Catherine sah mich an. Bevor ich antworten konnte, war ich bereits von drei Damen in Abendkleidern umringt, ich las ihre Namensschilder: Gaby Rotei, Geneviève Porter, Abigail Montes. Sie umarmten mich, sie küssten mich auf die Wangen, auf die Lippen, sie redeten auf mich ein, sie gratulierten mir zum Geburtstag. Immer neue Frauen-Wellen brachen über mir zusammen, mir wurde schwarz vor Augen. Es gibt Männer, die im Verlauf ihrer potenten Jahre Hunderte Frauen beglücken, meine Weiberliste umfasst nicht mehr als fünfzig Eintragungen. Aber von diesen fünfzig Frauen waren fast alle anwesend. Ich drehte mich zu Catherine um: »Komm, rasch, lass uns gehen!« Sie war verschwunden. Ich rief sie an, sie hatte ihr Telefon ausgeschaltet.

Jeder Versuch, die Räume zu verlassen, scheiterte am Auftauchen einer oder mehrerer meiner ehemaligen Bettgenossinnen, verflossener Beischläferinnen, die, nachdem sie ihre Drinks abgestellt und ihre Kaviar-, Gänseleber- oder Lachscanapés abgelegt hatten, ihre Arme ausbreiteten, um mich zu umschlingen. Fünf Zimmer waren angemietet worden, 609 bis 613, die Zwischentüren standen offen. In jedem Segment der Raumfolge stieß ich auf neue Gruppen und Grüppchen: Die Namensschilder drehten sich karussellgleich um mich, Monique Pons, Bordeaux, Beatrice Neumann, Jerusalem, Margarete Jahncke, Basel, Gabriella Belloni, Turin, Sudy Dostal und Janice Swartz, San Diego. Sie umzingelten mich, plärrten im Chor, ich möge meine Brust entblößen, »Zieh dich aus!«, »Take off your shirt!«, »Enlève ta chemise!«, sie wollten sehen, wie meine riesige Narbe inzwischen aussah. Ich lief fort von ihnen, anderen in die Arme. Aus zahllosen unsichtbaren Lautsprechern klirrte Querflöten-plus-Elektrogitarren-Tumult von Jethro Tull: »Death grinning like a scarecrow, seagull pilots flown from nowhere, try and touch one ...«
»Deine Augen! Immer noch tiefblau«, hauchte eine schwergewichtige Frau in einem roten Abendkleid, das eher einem Petticoat glich, ich hörte sie kaum, erkannte sie nicht wieder, allein das schiefe Schildchen Anna Rutz, Wien, half weiter, »Anna? Du bist's!« Ich fiel ihr um den Hals, atmete den Schweißgeruch ein, der mich schon fünfundzwanzig Jahre zuvor so sehr gestört und zu unserer Trennung mit beigetragen hatte. Sie war die Einzige, gottlob, die ich je entjungfert habe, in meinem Leben. Das Blut floss in Strömen. »Tiefblaue Augen, tief, tief, tief!«, gurrte sie, »und dein Mund! So schön! Lass mich dich küssen!« Sie versuchte ihre Zungenspitze zwischen meine Lippen zu pressen. Es gelang mir, sie abzuschütteln. Und dann standen schon die nächsten Sitzengelassenen

in der Frauenschlange, um ein paar Worte mit mir zu wechseln, Zärtlichkeiten mit mir auszutauschen: Gerlinde Nemenz, Liz Edelstein, Anne Stauffacher.

»Wie attraktiv du noch immer bist!«, stöhnte Isabelle Montbeau, eine der wenigen, die von den Kalamitäten des Alterns kaum entstellt wirkte. Sie besaß vornehme Präsenz. Ich ging auf sie zu und umarmte sie. Ich dachte oft an unser Zusammensein zurück. An die Tango-Studienreise nach Buenos Aires, an das gemeinsam erlittene Erdbeben im sizilianischen Catania. Wir verließen das »Belvedere« in Küstennähe Minuten vor den Erdstößen. Das Hotel wurde vollkommen zerstört. Unsere Beziehung endete nur deshalb, weil Mom sie so besonders mochte, sich Isabelle als Schwiegertochter wünschte.

Ich blieb bei ihr sitzen, versuchte die Katastrophe in meinem Rücken für Augenblicke zu vergessen, alles um mich herum verschwinden zu lassen. Simone von Beck ließ das nicht zu. Sie riss mich in die Höhe, die Gastgeberin agierte als Führerin durch das Fegefeuer. Sie unterband jeden meiner Fluchtversuche, führte mich zu immer neuen Frauen hin, stieß mich in ihre Nähe. Ich stotterte Freundlichkeiten, statt vor Entsetzen aufzuschreien. Mary Fischer, um die siebzig, rief mir zu: »15. Februar 1976! Nicht welterschütternd, ein einziges Mal, in Berlin, im Hotel Savoy, erinnerst du dich?« Ich erinnerte mich nicht. »Natürlich«, hauchte ich, »wie schön, dich wiederzusehen, Mary!«

Die Frau, die ich zuvor in der Hotelhalle gesehen und die mir bekannt vorgekommen war, stand jetzt vor mir. »Annabelle!«

»Mit meinem Herzblut habe ich dich geliebt«, entgegnete sie, »und nie kam etwas von dir zurück!« Kein Wunder, dass ich unsere Begegnung verdrängt hatte: Annabelle wurde von mir geschlagen, auf den Rücken, in die Rippen, in den Bauch, bei minus zehn Grad Celsius, im hohen Schnee, am Stadtrand von Salzburg. Den Anlass habe ich vergessen. Es wird wohl im weitesten Sinne etwas mit Annabelles Christentum und meinem Nicht-Christentum zu tun gehabt haben, die Einzelheiten sind mir beim besten Willen nicht mehr geläufig, Gott sei Dank. Ihr Kater Echnaton lief fort, während wir einander die widerlichsten Gemeinheiten zuschrieen; er kehrte niemals wieder. Ich weiß nur noch, dass Annabelle vor jener Prügelnacht oft und oft vor sich hingestarrt hatte, abends zumeist, nach dem Essen, vor dem Zubettgehen, und dabei den immergleichen Satz von sich gab: »Ich verstehe nicht, wie einer so am Leben hängen kann wie du!«

Die Warnungen eines amerikanischen Rabbiners kamen mir in den Sinn, zu dessen Vorträgen ich in meiner religiösen Phase gepilgert war, vor langer Zeit, nicht weit vom Hotel King David, im Jerusalemer Stadtteil Geulah. Er warnte uns nachdrücklich, eine Gruppe von zwölf jungen Männern, vor außerehelichen Beziehungen, vor jeder Art der Promiskuität. Ich zeigte auf, fragte: »Warum denn eigentlich? Was ist daran so schlimm, Rabbi?« Da atmete Rav Meir Kornbluth aus Baltimore tief durch und entgegnete: »Because each and every one of them will cling to you through eternity!« Weil jede der Frauen, mit denen du dich jemals eingelassen hast, an dir hängen, kleben, an dich angeschmiedet bleibe, bis in alle Ewigkeit. »Bis in alle Ewigkeit?«, hakte ich nach. »Bis in alle Ewigkeit, Max David, lange, lange, nachdem dein Leib begraben sein wird.« Ich schlug seine Warnungen in den Wind.

Eine Dame auf einem lila Sofa, in deren Schoß ein eierschalenweißer Pudel lag, den sie mit Hühnerhappen fütterte, winkte mir zu, mich ihr zu nähern. Die kolumbianische Dichterin Silvana de Castro, der ich während eines Kulturkongresses in Lissabon begegnet war, vor Jahren, eine Affäre, die sich über

Monate hingezogen hatte. Sobald wir unsere Glieder zusammenlegten, kicherte Silvana, kicherte ohne Unterlass, bis sie ihre Ekstase erreichte. Kaum war alles vorbei, das Präservativ abgestreift, Silvana aus der Dusche zurückgekehrt, legte sie den schweren Kopf auf meine Schulter, ihr Kraushaar kitzelte meine Nasenlöcher, und flüsterte: »Ich möchte tot sein!«
Jetzt saß sie da, froschklein, und dozierte: »Eine Frau vergisst nie. Wenn sie sich mit einem Kerl einmal eingelassen hat, dann bleibt dieses Erlebnis akut bis an ihr Lebensende. Was eine Frau aber am wenigsten vergisst, sind die Versprechungen, die man ihr macht.« Ich hatte geschworen, Catherine und die Kinder verlassen zu wollen, sie möge mir nur ein wenig Zeit lassen. Sie übte sich in Geduld. Ich aber hatte keinen Schritt in die von Silvana erwünschte Richtung getan.
Ich wandte mich von ihr ab, der Pudel bellte, ich verschwand in der Menge.
Alix hätte ich gerne wiedergesehen, meine erste Geliebte, wie schade, dass ausgerechnet sie fehlte. Deutlich jüngere Frauen waren zugegen, ich bemerkte sie erst jetzt, Eroberungen, Seitensprünge der letzten Jahre, denen ich mit Sicherheit niemals wieder begegnen wollte. Jenna Winston, Susanne Schließer, Pam Faerber, Angela Ellmauthaler. Wie viel Zeit die Frauen einem rauben! Sie sind die perfidesten Diebe, die tyrannischsten Freibeuterinnen, sie stehlen Tage, Wochen, Monate, Jahre. Und beschweren sich dann: Es sei nicht genug, noch längst nicht genug.
Jenna hasste die Natur. Wanderungen zu unternehmen oder am Meeresstrand zu spazieren, auf einen Berg zu klettern erschien ihr als unerträgliche Zumutung. Ihr größter Feind aber war die Sonne. Sie konnte sich zu regelrechten Sonnenbeschimpfungstiraden hinreißen lassen: »Verschwinde, du Giftstern, weg mit dir, weg! Ich verfluche jeden Tag, der ein Son-

nentag ist!« Sie mochte es, wenn man ihr die Stiefel anzog und auszog und wieder anzog; landeten wir endlich im Bett, war es ihr am liebsten, sich mir mit angezogenen Stiefeln auszuliefern. Im Augenblick des höchsten Taumels aber schnippte sie mit den Fingern.

Bei Susanne hingegen sah ich während unseres Liebesaktes endlose Wälder, dazwischen mittelalterliche Schlachtfelder, Hingemetzelte, so weit das Auge reichte, auf einer horizontweiten Hügellandschaft, wie aus der Vogelperspektive. Beim endgültigen Abschied rief sie mir nach: »Du bist nicht mehr mein schattenspendender Baum. Du bist ein Klotz am Bein für mich geworden!«

Pam erschreckte mich: Erst als sie sich auszog, entdeckte ich die Winzigkeit ihrer herabhängenden Brüste. Sie könne sich nicht im Spiegel ansehen, gestand sie mir, beim Schminken blicke sie ausschließlich auf ihre Augen. Unser Trennungsgrund hatte sich rasch gefunden: Eine Woche nach unserer Begegnung spuckte ich in ihrem Salzkammergut-Untermietzimmer auf das kleine Schwarzweißfoto eines Mannes, das da auf einer uralten Kredenz stand; ich nahm an, das sei der Vater der äußerst unfreundlichen Vermieterin, er sah so soldatisch, so deutlich nationalsozialistisch aus. Auf dem Foto war Pams Vater, ein ehemaliger Haganah-Kämpfer, der wenige Monate nach der Geburt seiner einzigen Tochter gestorben war.

Angela war meine erste und bisher einzige Geliebte, die von mir verlangte, während des Akts geschlagen zu werden. Ich habe ihrem Wunsch entsprochen, nicht sehr oft und, wie sie befand, bei weitem nicht brutal genug. Ich gab ihr Geld – mit der inständigen Bitte, mir meine Zeit wiederzugeben, und nach Linz, wo sie lebte, zurückzureisen.

Jenna fuhr mir durch das Haar, fragte die anderen drei Furien:

»Kein schlechter Liebhaber, aber zu jeder Frau gleich, er macht keinen Unterschied, mit wem er zusammen ist, das hat er doch bei euch sicher auch gemacht: sofort Cunnilingus, schon in der ersten Nacht?« Sie alle nickten, gackerten. Susanne Schließer fragte: »Hat er bei euch auch schon am zweiten Tag gestöhnt: Beziehungen sind ein Beruf!?« Sie stießen einander in die Rippen: »Genau! Bei mir auch!«
»Eines steht fest«, betonte Angela, »ein beschnittener Schwanz ist so viel hübscher als ein unbeschnittener, findet Ihr nicht?«
Ich durchwanderte Parfümschwaden, eine roch übler als die andere, wie jene Klebepapieraufreißstreifen in den internationalen Hochglanzmodemagazinen. Ich fing Gesprächsfetzen auf – wie bejammernswert viele der Frauen sich in ihren Ehen fühlten, wie enttäuscht sie von ihren Kindern waren. Die wenigsten waren bei ihren Männern geblieben, über die Jahre, fast alle hatten wenigstens eine Scheidung hinter sich.
Sie betrachteten einander abschätzig, neidvoll, wieder andere voller Hochachtung, alle aber warfen verstohlene Bewunderungsblicke auf Louiza Béranger, die senegalesische, in Frankreich lebende Opernsängerin, Meisterschülerin der Callas; darauf war sie, durchaus zu Recht, besonders stolz. (»Die Callas starb an Herzversagen, während einer katastrophal scheiternden Liebesgeschichte«, jammerte sie, als ich sie verließ. »Willst du, dass auch ich sterbe?«) Ich hatte Louiza, die Liebe dreier Nächte, bisher nicht einmal begrüßt. Jetzt kam sie mit großen Schritten auf mich zu – und ohrfeigte mich. Auf beide Wangen. »Ich bin heute nur hier, um das endlich, endlich tun zu können!« Applaus, Pfiffe, wie am Ende einer Theateraufführung.
Victoria Weinberger stürzte sich auf mich, wohl von Louiza angestachelt. »Du bist mein Unglück«, schrie sie. »Ich war schwanger, ich habe abgetrieben, viel zu spät, viel zu spät. Ich

konnte nie wieder Kinder bekommen. Daran bist du schuld! Nur du!« Sie hatte unbedingt geheiratet werden wollen, als wir fünfundzwanzig waren. Ich aber war gerade Catherine begegnet, kurz zuvor; Victorias Machthunger paarte sich daraufhin mit Torschlusspanik. Ich ergriff die Flucht und ließ mich nicht wieder blicken.

Ich habe nie verstanden, wie Simone von all den Frauen aus meiner Vergangenheit wissen, vor allem aber, wie es ihr je gelingen konnte, sie nahezu ausnahmslos ausfindig zu machen und nach Jerusalem zu locken. Fragen, die unbeantwortet bleiben müssen; ich werde sicher niemals wieder mit ihr in Verbindung treten.

Über das Lautsprechersystem dröhnte einer meiner Lieblingssongs, »White Room« von Cream, ich habe ihn seit damals nie wieder gehört und möchte ihn auch nie wieder hören, er bleibt mit dem Schrecken meines fünfzigsten Geburtstages für immer verknüpft: »In the white room, with black curtains, near the station, blackroof country, no gold pavements, tired starlings. Silver horses ran down moonbeams in your dark eyes ...«

Eine gebrechliche Dame versperrte mir den Weg. Sie ging am Stock. »Vous ne me dites même pas bonsoir?« Madame Charles aus Paris – ihre Stimme war ganz unverändert geblieben. Zweiunddreißig Jahre zuvor hatte ich ihr versprochen, bald zu ihr zurückzukehren. Ich küsste sie auf beide Wangen, sie rochen stark nach Puder und Rosenblüten. Sie blieb per Sie mit mir, erzählte, eine enge Freundin der Gastgeberin zu sein, eine ihrer Töchter hatte einen Sohn Simone von Becks geheiratet, war aber inzwischen schon lange von ihm geschieden. Madame Charles ließ mich wissen, sie habe bei den hochkomplizierten Vorbereitungen des Geburtstagsfests mitgeholfen: »Sie haben mich so maßlos enttäuscht! Hielten es nicht einmal für notwendig, mir eine Karte, einen Gruß, einen Anruf, eine Erklärung zukommen zu lassen! Oder einen Strauß Blumen, wie das unter kultivierten Menschen üblich ist. Strafe muss sein!«

Ich stieß einen Schrei aus, wie man ihn nur aus Träumen kennt. Es war kein knapper, kurzer Schrei, sondern Endlosgebrüll. Kaum vorstellbar, nicht wiederholbar. Meine Peinigerinnen erstarrten, sie sahen den Verschütteten von Pompeji nicht unähnlich. Ich schrie mit solcher Wucht, dass eine ganze Schar Zimmermädchen von außen an die Türen klopften. Simones Blicke streiften mich. Mit einer Spur Mitleid? Ich brüllte, brüllte. »Ahhhhhh!!« Nur das. Kein Wort. Keinen anderen Ton.

Der Atem, die Kraft gingen mir aus. Ich schloss die doppelt versperrte Tür des Zimmers 613 auf. Mir gelang die Flucht.

Sie liefen mir auf den Korridor nach, nicht alle Frauen, aber eine große Zahl. Ich rannte über die breiten, teppichweichen Treppen ins Erdgeschoß und durch die weite Hotelhalle, hörte hinter mir Kreischen, Gelächter, Beschimpfungen, eilte auf die Straße hinaus.

Mir fiel die große Wärme auf, die der Asphalt abgab, so lange nach Sonnenuntergang. Ich lief, so rasch ich konnte, das hast du natürlich nicht durchgehalten. Meine Brust fühlte sich an, als tobe da ein kleines Feuerwerk. Ich sah die Weibermeute hinter mir – Hotelpersonal und vier, fünf Zimmermädchen hatten sich ihnen angeschlossen. Ein Hornissenschwarm, wenn man sein Nest aufstöbert, so verfolgten mich die Frauen, juchzten dabei und deuteten Tanzbewegungen an. Ecke Eliahu Shama'a Street sprang ich in ein Taxi. »Just go, please go!«, keuchte ich. Der Fahrer drehte sich ganz langsam zu mir um, sah die Horde auf uns zukommen, er lächelte nicht, brummte: »Poor man!« Und fuhr los.

»Where go?«, wollte er wissen. Ich fuchtelte, zeigte in Richtung Stadtgrenze. Ich wusste nicht, wohin. Er konnte kaum Englisch, mein arabischer Chauffeur, weder Französisch noch Deutsch. Sein gebrochenes Hebräisch reichte zu einer Konversation nicht aus, und meine Ivrith-Kenntnisse sind viel zu gering, ich hätte ihm die Situation, in der ich mich befand, nicht verständlich machen können. Ich dachte unentwegt: Du, mein Herz, bist schuld an diesen Verirrungen und Verwirrungen, du hast mich über die Jahre in all diese Beziehungen hineingetrieben, in die Herzensangelegenheiten wie in die Lust-Momente.

Ich versuchte Catherine zu erreichen, immer und immer wieder. Ihr Mobiltelefon blieb ausgeschaltet.

»Where go?«, wiederholte der Chauffeur.

Die Stadtgrenze lag bereits hinter uns, als ich endlich die Rezeption des King David anrief, ich war auf diese naheliegende Idee nicht gleich gekommen. Catherine Malamud, ließ der Concierge mich wissen, habe das Hotel vor wenigen Minuten mit einem großen Koffer verlassen und ein Taxi bestiegen.

»Airport, please«, rief ich dem Fahrer zu. Er murmelte Unverständliches. Wir hörten auf der ganzen Fahrt Musik. Eine nordafrikanische Band, Tinariwen. Eineinhalb Stunden lang nur Tinariwen.

Kurz nach neun Uhr abends kam ich am Flughafen an, suchte in den Departure-Listen nach den Uhrzeiten der nächsten Flüge Richtung Paris. Um sechs Uhr früh gab es eine Air-France-Maschine, um acht Uhr morgens eine der El Al. Um elf Uhr abends flog die British Airways nach London. Wollte Catherine diese Maschine nehmen? Das würde sie kaum schaffen, allein die Check-In-Modalitäten dauerten zwei Stunden. Ich wartete auf sie. Wählte unentwegt ihre Mobilnummer. Um elf Uhr nachts nahm ich einen klapprigen Bus

nach Tel Aviv. Fand zum Hotel »Star«, einer Bruchbude in Strandnähe. Ich konnte nicht schlafen. Um vier Uhr morgens läutete mein Handy.
»Mir graut vor dir«, sagte Catherine mit leiser Stimme.
»Wo bist du? Ich habe mir entsetzliche Sorgen gemacht.«
»Du Armer! Tatsächlich?!«
»Bist du am Flughafen?«
»Um mich brauchst du dir keine Sorgen machen. Ich will meine Ruhe. Ich will dich nicht mehr sehen. Jedenfalls sehr lange nicht mehr sehen.«
»Sagst du mir wenigstens, wo du bist?«
Die Verbindung war bereits unterbrochen.

5.

Sie meldete sich eine Woche später. Ich saß da gerade auf der Kante des Ehebetts und blätterte in einem ihrer Notizbücher, um herauszufinden, wo sie sein mochte. Sie besuchte ihre Jugendfreundin, eine griechische Architektin, die nahe Athen lebte. Nach dem King-David-Ereignis war Catherine nach Haifa gefahren und hatte dort am nächsten Tag ein Boot nach Piräus bestiegen.
Ich bat um Vergebung.
»Da gibt es nichts zu vergeben. Du bist, wie du bist. Ich will nur nichts mehr mit dir zu tun haben. Oder so wenig wie möglich.«
Es sollte Monate dauern, bevor ich sie wiedersah. Ich war nach London gereist, zu einer von Catherine betreuten Ausstellung der Installationen einer australischen Künstlerin, in der Galerie Montgomery. Ich wurde während der Vernissage in der Kensington High Street und im Anschluss, beim Din-

ner in einer sportplatzgroßen Diskothek, den Eindruck nicht los, Miss Fiona Jeremy und meine Frau seien einander nahegekommen. Ich malte mir ein Liebesverhältnis aus. Catherine leugnet bis heute, ich bin von meinem Verdacht jedoch nicht abzubringen.

In einem Londoner Hotelzimmer – ich übernachtete auf der schmalen, erbsengrünen, viel zu weichen Couch – hielt Catherine am nächsten Morgen einen Monolog, in den sie alle Enttäuschungen, allen Schmerz, allen Abscheu vor mir packte, der sich im Verlauf der Jahre bei ihr aufgestaut und in den Räumen 609 bis 613 des Hotels King David entladen hatte.

»Wir schauen auf die schlechtesten Jahre unserer Ehe zurück, Max, nur Konflikte und Unzufriedenheit auf beiden Seiten. Und dann muss ich mir die schlimmste Erniedrigung meines Lebens gefallen lassen? Kannst du dir überhaupt vorstellen, wie das für mich war? So etwas Grauenhaftes? Wir werden uns trennen, auf jeden Fall für eine Zeit. Ich kann nicht mehr. Alles, was mir seit Jahren an dir missfällt, bleibt so, wie es ist. Nichts änderst du. Nichts ändert sich. Du bist ein Blutsauger. Du raubst mir alle Kraft und alle Lust. Ich brauche Ruhe. Ich sehne mich nach einem Mann, auf den ich bauen, auf den ich mich verlassen kann. Mit dir herrscht nichts als Unsicherheit und Existenzangst. Ich möchte lieber allein leben als mit jemandem wie dir. Wir sind am Ende.« So ging es weiter, weiter, in immer neuen Variationen des bereits Gesagten, des bereits Vorgeworfenen, bis ich mich endlich aus der tiefen Couch erhob und knapp »Schluss!« brüllte. Woraufhin Catherine zurückgab: »Raus aus meinem Zimmer!«

– Darf ich mich kurz einmischen, zum ersten Mal seit Stunden?
– Ich bitte dich darum.

– Sie sagte nicht: Raus aus meinem Zimmer. Sie sagte: Raus aus meinem Leben.
– Du übertreibst. Wie immer.
– Vielleicht sagte sie beides: Raus aus meinem Zimmer, raus aus meinem Leben.
– Sie warf mich jedenfalls hinaus. Ich reiste am selben Nachmittag ab.
– Danach sollte noch über ein halbes Jahr vergehen, bevor Catherine zu dir zurückgekehrt ist.
– Hat es so lange gedauert?
– Sonderbar an deinem damaligen Verhalten: dass du nach dem Horror der Geburtstagsfeier ausgerechnet auf die Suche nach jenen Frauen gehen wolltest, die Simone nicht ausfindig gemacht hatte oder die sich, auch das wäre ja möglich gewesen, weigerten, an der Überraschungsfeier teilzunehmen: Alix, Laura, Barbara und Norah.
– Ich musste doch herausfinden, warum gerade diese vier nicht dabei waren. Verstehst du das nicht? Barbara war bald nach unserer Begegnung an einer Lungenembolie gestorben. Aber Alix, die mich entjungfert hat ...?
– Wir haben sie nicht geliebt.
– Und Laura?
– Hat dich nicht geliebt ...
– Und alle die anderen, die wir nicht und die uns nicht geliebt haben? Sie kamen trotzdem! Die meisten Anwesenden wollten mich niemals wiedersehen. Dennoch kamen sie. Es machte ihnen Spaß, mir diesen Schrecken einzujagen.
– Bleibt Norah. Eine der ganz wenigen Frauen, die wir beide wirklich geliebt haben, im Verlauf unseres bisherigen Lebens.
– Lass das bitte. Nicht nur Farah wird dieses Buch zu lesen bekommen, sondern Catherine natürlich auch. Sie darf von Norah nichts erfahren.

– Sie wird dich auf jeden Fall fragen: Wer ist Norah? Wann wart ihr zusammen?
– Ich werde diese Passage streichen, bevor das Buch in Druck geht.

Farah

Am selben Ort, zur selben Zeit: der letzte Montag des Monats Mai. Das düstere, nach altem Speiseöl riechende Dönerlokal. Farah sitzt an einem Ecktisch, im Gespräch mit einem älteren Mann. Ich ziehe mich zurück.

– Zeige dich. Sie hofft, dich zu sehen, nicht ihn.
– Woher willst du das wissen?
– Das Herz hat seine Gründe, die der Verstand nicht kennt.
– Ich will sie nicht stören.
– Du störst nicht. Sie ist mit dir verabredet.

Sie dreht sich zur Tür hin, jetzt erkennt sie mich. Winkt mir zu.

– Siehst du.

Sie stellt mir Monsieur Jean-Jacques vor, ihren Vorgesetzten in der Verteilerzentrale der Post. Er habe ihr Gesellschaft geleistet, bis ich sie abholen käme. Ich sei vier Minuten verspätet, wie ich das entschuldigen könne?, fragt sie und küsst mich auf beide Wangen. Monsieur verabschiedet sich: »À demain, Farah!«
Ich war noch nie ähnlich verlegen mit einer Frau. Nicht in den Anfangswochen mit Alix, nicht in den Angsttagen vor unserem ersten Mal, vor fünfunddreißig Jahren.
Sie nimmt meine eiskalte Hand in ihre kleine Hand. »On y va?« Gehen wir? Wohin wollen Sie diesmal, Monsieur? »Vielleicht wieder ... in den Jardin des Plantes ...?«
»Avec plaisir. Heute ist wenigstens das Wetter schön. Und

warm.« Nach kurzer Pause: »Vous allez bien?« Auf der Straße: »Ça va?«

Wir spazieren über die Brücke. Betreten den Park und haben noch kein weiteres Wort gewechselt. In der Nähe des Zoos riecht es nach verfaultem Fleisch.

»Besuchen wir den Panther«, schlage ich vor.

Sie möchte nicht. Auf keinen Fall. Der Gestank. Sie vertrage die Idee von Käfigen nicht, leide darunter, sehen zu müssen, wie man Tiere einkerkere. Die Ablenkung von unseren Gesprächen wäre außerdem viel zu groß. Nein, einfach unter den Jardin-Platanen auf und ab zu schreiten, das gefiele ihr am besten, sacht bergauf, in Richtung des mächtigen Naturhistorischen Museums und der größten Moschee der Stadt, am Nordrand des Parks.

»Sind Sie eigentlich herzkrank, Monsieur?«, will Farah wissen.

»Sie haben gesagt, man habe Sie zweimal operiert?«

»Ich bin gesund. Aber erst seit kurzer Zeit.«

»Seit wann?«

»Ungefähr ... seit jenem Tag, an dem Sie mich zum ersten Mal um einen Orangensaft baten.«

»Das glaube ich Ihnen nicht!«

»Es ist die Wahrheit.«

»Sie sollten in Ihrer Geschichte gut beschreiben, was mit Ihrem Herzen nicht in Ordnung ist.«

»Nicht in Ordnung war.«

»Sind Sie ganz sicher ... alles vorbei?«

»Ich hatte als Zwanzigjähriger eine große Herzoperation, die erfolgreich verlaufen ist. Danach blieb über ein Vierteljahrhundert lang alles gut.«

»Dann bin ich ja ... beruhigt ... Und danach?«

»Ich war gesund. Vollkommen in Ordnung. Bis vor zwei Jahren neue Beschwerden ...«

»Also doch ...!«

»... die aber seit einigen Monaten ganz und gar behoben sind, Gott sei Dank!«

»Sie sind also vollkommen geheilt?«

»Warum wollen Sie das so genau wissen?«

»Ich habe meine Gründe.«

»Die Sie mir verheimlichen ...«

»Nein. Es fällt mir schwer ... darüber zu sprechen.«

»Bitte, sagen Sie's mir.«

»Mein ältester Bruder, mein Stern und meine Sonne, ist vor zwei Jahren in der Hotelküche zusammengebrochen, in der er gearbeitet hat. Er ist nicht wieder aufgewacht. Wir wussten immer, er hat etwas mit dem Herzen, aber er sah nie gute Ärzte. Ein richtiger Spezialist, den man privat aufsucht, das hätte zu viel Geld gekostet, so jemand wird nicht von der Versicherung übernommen. Also hat er immer nur Ärzte im Spital von Clichy-sous-Bois gesehen, die ihm zwar gesagt haben: Da ist etwas nicht in Ordnung mit Ihnen, aber solange Sie keine größeren Beschwerden haben ...« Sie unterbricht sich. Atmet durch. »Er war erst ... neununddreißig ...« Und nach einer Stille: »Ich könnte mich nie mit einem Mann einlassen, der herzkrank ist.«

»Glauben Sie mir: Es geht mir recht gut. Seit kurzem.«

Sie sieht mich prüfend an. Dieses Mal lächelt sie nicht. Sie sagt: »Eigenartig, was mit uns passiert.«

»Was passiert uns denn?«

»Sie haben mir gefehlt ... während der vergangenen Woche. Ich wollte anläuten und Ihnen irgendeinen dummen Brief persönlich überbringen. Aber dann dachte ich mir: Wie schmerzhaft angenehm es ist, auf unser Wiedersehen am Montag warten zu müssen ...«

»Ich begehre Sie, Farah.«

»Weil ich jung bin, begehren Sie mich ...«
»So jung sind Sie ja auch wieder nicht!«
»Also hören Sie mal! Dreißig Jahre. Ich könnte Ihre Tochter sein!«

– Ganz Unrecht hat sie allerdings nicht.
– Mische dich nicht dauernd ein ... bitte bleibe still. Melde dich erst wieder, sobald sie fort ist ...
– Hätte ich mich nicht eingemischt, säßest du allein in deinem Arbeitszimmer. Im Abgrund der Internet-Möglichkeiten. Ein Fünfzehn-Minuten-Samenergussfilmchen nach dem anderen herunterladend.

»Woran denken Sie?«, will Farah wissen.
»Wo und wann ich zum ersten Mal mit Ihnen schlafen werde.«
Sie starrt zu Boden.
»Verzeihung, Farah.«
»Wie weit sind Sie mit Ihrem Buch?«
»Seit letzten Montag? Sind etwa zwanzig Seiten entstanden.«
»So wenig?«
»Das ist nicht so wenig ... für eine Woche.«
»Sie dürfen frühestens, allerfrühestens in einem Jahr mit mir schlafen. Wenn überhaupt je.«
»Machen Sie mir keine Hoffnungen, Farah.«
»Ich mache Ihnen keine Hoffungen, Monsieur. Sie machen sich Hoffnungen. Außerdem kommen wir aus viel zu verschiedenen Welten, das geht gar nicht. Ich bin Muslimin, Sie sind Jude.«
»Woher wollen Sie wissen, dass ich Jude bin?«
»Das spüre ich. An Ihrer Wohnungstüre ist außerdem so ein

schiefes Silberding festgemacht, das haben viele Juden an der Eingangstüre. Wozu hat man das eigentlich?«

»Die Mesuse? Da sind Ausschnitte aus Gebeten eingerollt, Schutz für das Haus, Schutz für die Wohnung ...«

»Sie haben einen amerikanischen Pass, ich aber bekäme niemals ein Visum, um die USA auch nur zu besuchen. Alles trennt uns.«

»Stört Sie das wirklich? Mich nicht ...«

»Was hat Ihr Vater beruflich gemacht? Was war Ihr Großvater?«

»Mein Großvater war Philosoph, mein Vater Filmregisseur. John Stein, falls Ihnen der Name etwas sagt. Er starb vor zehn Jahren.«

»Sagt mir nichts. Sehen Sie, und mein Großvater lebt als Olivenbauer in den Bergen, wie sein Vater vor ihm. Und mein Vater arbeitet als Glasermeister für einen kleinen Betrieb am Stadtrand, in St. Denis. Meine Verwandten sind streng religiös, meine beiden Schwestern tragen das Kopftuch. Nach der Arbeit geht mein Vater jeden Abend in dasselbe finstere, traurige Café und trifft sich da mit Männern, die so sind wie er. Die oft aus unseren Nachbardörfern kommen. Die Stammkundschaft im Café, die alten Männer, die da immer mit ihm reden, tagaus, tagein, die eng in kleinen Gruppen beieinander stehen, macht meinen Vater mürrisch, unzufrieden, auch rücksichtslos. Da wird über alles und nichts diskutiert und viel gestritten. Sie stehen beisammen wie auf den Plätzen ihrer Heimatorte. In ihren Stimmen ist Traurigkeit und Sehnsucht. Ich empfinde immer so etwas wie Mitleid, wenn ich sie so dastehen sehe. Aber in einem sind sich diese Männer mit den schweren Herzen immer einig: in der Missachtung ihrer Frauen. Aller Frauen im Grunde. Dann kommt mein Vater nach Hause und brüllt meine Mutter nieder. Er schlägt sie sogar, von Zeit zu Zeit. Er schlug seine Töchter, als wir aufwuchsen. Bis zu dem Tag, an dem ich es zum ersten und einzigen Mal gewagt habe, mich zu wehren, ihn zurechtzuweisen. Seither traut er sich kaum noch, mir in die Augen zu sehen. Aus so einer Familie komme ich, Monsieur.«

»Ja? Und?« Ich neige mich zu ihrer Kleinheit herab, halte ihr Rückgrat. Ich küsse sie, endlich küsse ich sie. Und lasse nicht von ihr ab. Bis sie sich losreißt. Nach Atem ringt.

»Vous êtes fou!« flüstert sie und setzt laut hinzu: »Vous êtes fou!« Sie hält meine Hände in ihren Händen. »Sie sind hungrig nach Liebe, das ist nicht zu übersehen. Ihnen fehlt die Zuwendung, die Wärme einer Frau.«

»Sie nur zu umarmen ... das allein genügt mir bereits«, entgegne ich.

Und wieder küssen wir uns, entschiedener, hungriger als zuvor.

»Monsieur, Ihre Liebkosungen, Ihre Zärtlichkeiten machen mich sehr glücklich. Sie müssen mich nur streifen, und schon erzittere ich vor Lust.«

»Wann darf ich Sie wiedersehen?«

»Wir sind doch zusammen. Warum denken Sie schon jetzt ans nächste Mal?«

Auf einer Parkbank, eng aneinander geschmiegt: Meine Umarmungen werden hartnäckiger, meine Berührungen gieriger. Farahs Zungenspitze kreist in meinem Nacken. Wie kann das sein? Warum tut sie das mit einem Mal, meine vorsichtige Postbotin? Passanten werfen uns heimliche Blicke zu. In Wien wird solchen Paaren »Habt's ka Wohnung?« zugerufen, in Paris genießt man Anblicke dieser Art, als sei man Zuschauer in einer Varieté-Aufführung.

Farah rückt mit einem Mal ein ganzes Stück weit ab von mir.

»Ab heute – und jedes Mal, wenn wir uns wiedersehen – müssen Sie eine Geschichte für mich erfinden, Monsieur Max. Ich werde Ihnen jeweils vier oder fünf Worte nennen und Sie müssen aus diesen Worten etwas machen, gleich und sofort etwas aus dem Ärmel schütteln.« Und schon nennt mir die gleichsam verkehrte Scheherazade fünf Begriffe: »Leiter, Zwerg, Brunnen, Schule, Wald.«

Ich versetze uns in die abgelegenste Alpenregion. Hoch in den Bergen wird ein Internat betrieben. Die Freunde Jakob und Joseph bleiben zu Beginn der Sommerferien einen Tag länger in ihrem Schlafsaal als die Klassenkameraden. Früh am nächsten Morgen klettern sie eine kilometerlange Leiter hinab, die mitten im Schulhof tief in ein Brunnenloch führt. Unten angekommen, eröffnen sich ihnen endlose Kiefernwälder, in denen freundliche Zwergenfamilien leben, welche die beiden Internatsschüler mit ausgesuchter Höflichkeit willkommen heißen. Am Abend wird ihnen aufgetischt, was ihr Herz begehrt, es wird getrunken, gesungen und getanzt. Und während ihre Gäste dann in einen eisernen Tiefschlaf verfallen, schneiden die Zwergenältesten ihren Besuchern die Herzen aus den Leibern, ersetzen sie durch faustgroße Steine. Am nächsten Morgen verabschieden sich Jakob und Joseph von ihren leutseligen Gastgebern und kehren an die Erdoberfläche zurück. Das Internat ist einer Kaserne gewichen. Es herrscht Krieg. Fünfzig Jahre sind in der Wirklichkeit vergangen. Noch ahnen die beiden Jungen nicht, dass sie ihrer Seelen beraubt und ihre Herzen durch Felsbrocken ersetzt wurden …

Farah wartet einen Moment, dann klatscht sie kurz in die Hände. »Très bien, Monsieur Max. Triste, mais bien. Aber so etwas erwarte ich, wie gesagt, ab heute jedes Mal von Ihnen.« Und mit einem Mal singt sie, wie in einem Musical: »Les

amoureux qui s'bécott'nt sur les bancs publics, en s'fouttant pas mal du regard oblique des passants honnêtes ...«
»Gefällt mir. Von wem?«
»Georges Brassens ...« Sie summt weiter.
»Sie singen wunderschön.« Ich bin wieder ganz nahe an sie herangerückt, streichle ihr die Hände, die Handgelenke, küsse ihr die Schläfen, den Hals, wie im Rausch, während sie weitersingt.
Plötzlich springt sie auf. »Sie sollten etwas vorsichtiger mit mir umgehen, Monsieur, ich habe erst mit drei Männern etwas gehabt, in meinem Leben ...«
»Das kann nicht sein.«
»Sie müssen mir nicht glauben. Aber so ist es ...« Sie streift ihre Jeansjacke, ihre schwarze Nylonbluse, die helle Cordhose glatt. Gibt mir ein Zeichen, aufzustehen.
»Was ist denn?«
»Ich muss jetzt gehen.«
»Aber ... es war doch gerade alles so ...«
»Ich muss meine Schwester besuchen. Sie wohnt nicht weit von hier. Sie werden mich nicht begleiten, zu viele meiner Verwandten könnten uns auf der Straße sehen.«
»Und hier im Park ... haben Sie keine Angst, gesehen zu werden?«
»Keiner meiner Verwandten würde einen Park je betreten.«
»Wie kann das sein?«
»Das weiß ich nicht. Aber so ist es.« Sie reicht mir die Hand.
»Wann kann ich Sie ... wiedersehen?«
»Nächsten Montag. Zur selben Zeit.«
»Bis zum Rand des Parks ... darf ich Sie doch begleiten?«
»Lieber nicht. Die Moschee ist zu nahe. Alles, was ich tue, alles, was mein Herz begehrt, richtet sich gegen meine Familie. Das macht mir manchmal große Angst. Mein Mann, meine

Verwandten, sie alle beten viel und oft. Ich muss mich jetzt beruhigen. Gehen Sie.«
»Darf ich Ihnen wenigstens einen Abschiedskuss geben?«
»Aber nur auf die Wange! Gehen Sie nach Hause, mein Bleichgesicht. Schreiben Sie weiter, weiter, weiter!«

Fantoni/Vacheron

– Das Leben ohne Farah erscheint mir schon jetzt nicht gut vorstellbar ...
– Nur mit der Ruhe, mein Herz!
– Ihre Stimme, ihr Wesen sind ganz auf mich übergegangen.
– Darf ich dich trotzdem bitten, du Schwärmer, mir die Fortsetzung unserer Geschichte zu diktieren?

Die Beziehung zu Catherine war nach deiner Abreise aus London so sehr gefährdet, dass ich bereits am Abend deiner Rückkehr nach Paris stark zu flattern begonnen habe, zum ersten Mal seit vielen Jahren.
Nach der Operation warst du regelmäßig zu Kontrolluntersuchungen gegangen. Zunächst einmal jährlich, dann nur noch jedes zweite Jahr. In Paris wurde Frau Professor Fantoni deine Herzärztin, der französische Filmregisseur Marc Montalembert, ein Freund unseres Vaters, hatte sie dir empfohlen. Du mochtest sie. Wäre sie zwanzig Jahre jünger gewesen, wir hätten sie mit Sicherheit zu verführen versucht. Bei jeder Kontrolle stellte sie erneut fest – wobei sie jedes Wort einzeln betonte, ihrem Staunen, vielleicht auch ihrer Enttäuschung dadurch größeres Gewicht verleihend: »Sie haben ja überhaupt keine Muskeln, Monsieur Villanders!«
Madame Fantoni entdeckte im Verlauf einer Routineuntersuchung – vor mehr als zehn Jahren – meinen Klappenfehler: »Ein zweiter Geburtsfehler, den Ihnen Ihre geschätzte Mutter mit auf den Lebensweg gegeben hat.« Keinem der zahlreichen Herzspezialisten, denen du zuvor begegnet warst und die dich und mich aufmerksam untersucht hatten, war das zarte Murmeln, das meine Mitralklappe seit den Säuglings-

jahren verursachte, jemals aufgefallen. Madame Fantoni beruhigte dich: Bei zehn Prozent der Menschheit liege ein Mitralklappenfehler vor, ohne Beschwerden auszulösen, ohne dass man die geringsten Vorsichtsmaßnahmen zu berücksichtigen habe. Trotzdem reagiertest du tief unglücklich auf die Neuigkeit, holtest eine zweite Meinung ein: Du suchtest den renommiertesten Kardiologen von Paris auf, Professor Vacheron, damals bereits achtzigjährig, von dem du wusstest, dass er einst Madame Fantonis Lehrer gewesen war. Er bestätigte den Fund seiner Schülerin. Mit einem bedeutsamen Unterschied: Er machte dir Angst. Warnte dich, du müssest ab sofort vor jeder noch so harmlosen Zahnbehandlung hohe Dosen Antibiotika zu dir nehmen. Bei Dentistenbesuchen würden besonders angriffslustige Bazillenvölker freigesetzt, die sich vor allem von kleinen, sogar von minimalen Herzfehlern angezogen fühlten, »wie Bienen vom Honig, wie Nachtfalter vom Licht«. Einmal wachgerufen, wanderten sie durch den Kreislauf, um sich schließlich neben schadhaften Klappen einzunisten und dort gefährliche Entzündungen auszulösen. Vacheron sprach das Wort Endokarditis aus – die Bezeichnung einer unter allen Umständen zu vermeidenden, lebensbedrohenden Infektionskrankheit. Aus seinem Mund klang »Endokarditis« wie »Lymphknotenkrebs«, wie »Tod durch Erhängen«. Du dürfest nie wieder etwas Schweres heben: Durch das plötzliche Stemmen großer Gewichte könnten die wenigen filigranen Sehnenfäden reißen, welche meine beschädigte Klappe an der Kammermuskulatur noch festhielten, wie Stricke ein Segel. Sie sei in Gefahr, funktionsuntüchtig zu werden und müsse dann operiert, womöglich ersetzt werden. Eine schadhafte Mitralklappe bringe das Gleichgewicht deines Herzens durcheinander und führe in wenigen Jahren zu Insuffizienz. »Nie wieder einen großen

Koffer anpacken! Nie wieder einen Autoreifen wechseln, nie wieder bei einer Übersiedlung helfen, nie wieder ...« Die Liste seiner Warnungen nahm kein Ende.

– Ich verließ die Praxis, niedergeschlagen wie selten zuvor in meinem Leben. Aus einem Café an der Place du Trocadéro rief ich Madame Fantoni an, gestand ihr, ihren ehemaligen Lehrer aufgesucht zu haben. Sie lachte: Die von ihm genannten Prophylaxe-Maßnahmen seien längst überholt. »C'est la médecine de nos grands-pères!« Heutzutage nehme man mit einem Klappenfehler, der so geringfügig sei wie meiner, bei Zahnarztbesuchen keine Vorbeugedosen Antibiotikum mehr zu sich. »Unsinn. Humbug. Vergessen Sie's.«
– »Und das Heben großer Gewichte?«, haktest du nach.
– »Zu schwer darf kein Mensch heben. Aber ein Koffer wird die Aufhängungen Ihrer Mitralklappe sicher nicht zum Reißen bringen.«

Doch zurück zu jenem Tag, da du aus London abgereist und abends zuhause in Paris angekommen bist. Plötzlich fing ich an, wild gegen deine Brust-Innenwand zu pochen. Zu pumpern. So etwas hatten wir seit den Jahren vor der Operation nicht mehr erlebt. Ich hüpfte, raste, stotterte, schneller, immer schneller. Du musstest dich hinlegen. Doch jedes Mal, wenn du wieder aufgestanden bist, begann ich erneut meine Rhythmusspiele mit dir zu spielen. Es wurde immer schlimmer. Du riefst einen Notarzt. Ein hochnervöser Mann mittleren Alters traf eine Stunde später ein, schimpfte über die beiden Katzen, die um das Bett strichen, verbannte sie in den Salon. Er hatte ein tragbares Elektrokardiogrammgerät mitgebracht, machte vier Saugnäpfe an deinem Brustkorb fest, legte den Arm- und Fußgelenken Metallklammern an, startete den kleinen Appa-

rat, der meterlange Papierstreifen ausstieß. Er studierte die Ergebnisse – und gab keinen Ton von sich.
»Was lesen Sie aus dem EKG heraus, Herr Doktor?« Er runzelte die Stirn, knurrte »Silence!« Befahl dir, dich aufzusetzen, um dich und mich abhören zu können. Dann, endlich, ließ er dich wissen: »Schwere Rhythmusstörungen. Das Elektrokardiogramm weist katastrophale Werte auf. Notaufnahme ins Spital.« Er holte ein Medikament hervor, das erste Linderung verschaffe. »Ein Betablocker«, erklärte er, prophezeite dir: »Das müssen Sie bis an Ihr Lebensende täglich nehmen.« Er kritzelte die sofortige Einweisung in das nächstgelegene Krankenhaus auf einen Rezeptblock. Du richtetest dich auf. »Ich gehe nicht ins Spital.«
Der Arzt sah dich an wie einen, den es gelte, augenblicklich mit der Zwangsjacke abzuführen. Zeigte das Mittel bereits Wirkung? Es ging mir und dir nämlich schlagartig besser, das gab dir Mut: »Ich gehe sicher nicht ins Spital ...«
»C'est scandaleux!«, schimpfte der Notarzt. »Vous allez immédiatement à l'hôpital! Point final!«

– Ich schüttelte den Kopf: »Non, Monsieur.« Er suchte seine Sachen zusammen, jetzt schrie er, hochrot im Gesicht: »Vous voulez mourir?«
– Dank der wohltuenden Arbeit des Medikaments wurde ich ruhiger, immer ruhiger.
– Der Arzt hielt mir einen Vordruck hin: »Ich, ..., weigerte mich am ... um ... Uhr, dem Rat des Notarztes ... Folge zu leisten, mich umgehend ins Krankenhaus einweisen zu lassen.« Ich unterschrieb den Zettel. Der Arzt griff nach der abgeschabten Ledertasche. Die Eingangstür flog mit großem Getöse hinter ihm ins Schloss.
Am nächsten Morgen suchtest du Madame Fantoni auf. Sie

gab ihrem Kollegen Recht: »Eine Rhythmusstörung solcher Vehemenz hätte Sie das Leben kosten können. Sollte sich Ähnliches jemals wiederholen, gehen Sie ohne Widerrede ins Spital!« Ein Test ergab, dass in deinen Kammern mit großer Wahrscheinlichkeit eine Art elektrischer Störung herrschte, die unter Umständen durch den Klappenfehler mit ausgelöst worden, eher aber Spätfolge der Operation sei, die dreißig Jahre zuvor stattgefunden hatte: »Lange nach dem Verschluss eines Vorhofseptumdefekts kann es im Herzen zu Veränderungen kommen, die Beschwerden mit sich bringen, wie Sie sie gestern erleben mussten. Man kennt die vehementen Nebenwirkungen dieser Art von Eingriffen erst seit wenigen Jahren. Eine Art Kurzschluss im rechten Vorhof, die elektrischen Impulse werden nicht mehr regelmäßig ausgesandt, in Ihrem Herzen dreht sich plötzlich eine Endlosschleife mit rasanter Geschwindigkeit. Alle Abläufe im Inneren eines Herzens gehen von elektrischen Impulsen aus, wussten Sie das?«
Durch medikamentöse Behandlung könne man dies Vorhofflimmern zunächst in den Griff bekommen, du müssest dich jedoch eines Tages sehr wahrscheinlich einer »Ablation« unterziehen, einer »Radiofréquence«. In der Leistengegend werde dabei ein Katheter in die Vene geschoben und bis zu meinen Kammern hinaufbugsiert. Dort angekommen, verbrenne die Sondenspitze jene Gewebestellen, die für die Kurzschlüsse verantwortlich seien.

– Ich hörte nicht weiter zu, so panisch wurde ich, als ich das Wort Katheter vernahm. Das Verbrennen von Gewebe in deinem Innersten wagte ich mir gar nicht vorzustellen.
– Du hörtest auf, Tennis zu spielen. Hörtest auf, morgens durch den Jardin des Plantes zu joggen. Hörtest auf zu schwimmen, obwohl Madame Fantoni dir das Schwimmen ausdrücklich

empfahl. Mein Rhythmus beruhigte sich. Ein vergleichbares Phänomen wiederholte sich vorerst nicht.
– Aber meine Angst vor der Angst wurde größer denn je. Du hast mir nach all den ruhigen, gesunden Jahren erneut vorgeführt, wie zerbrechlich ich bin.
– Nicht zerbrechlich. Sensibel.
– Ein Wunder, dass man nicht ununterbrochen erkrankt. Die Gesundheit ist das Ungewöhnliche, nicht die Krankheit. Die Krankheit ist das Normale, die Gesundheit das Erstaunliche. Die Anfälligkeit, Empfindlichkeit, Verletzbarkeit des Körpers kennt keine Grenzen. Ein ständiges Wunder, dass unsere Organe funktionieren, die Knochen nicht brechen, die Haut nicht aufplatzt, unsere Gehirne nicht noch viel früher verkalken.
– Dein Telefon vibriert. Spürst du's nicht?
– Eine Textnachricht von Farah ...
– Was schreibt sie uns?
– Sie schreibt nicht uns, sondern mir: »Als ich heute nach Hause kam, empfand ich eine große Einsamkeit und Leere. Mein Herz trägt so vieles in sich, was es Ihnen sagen möchte, aber dann verheddert es sich, sobald es Sie trifft, Ihren Augen begegnet und Ihre Stimme hört. Habe ich Ihnen für die schaurige Internatsgeschichte genügend gedankt? Ich möchte mit Ihnen verreisen, weit, weit weg. Mich von ihren sanften Blicken streicheln lassen.«
– Was wirst du ihr schreiben?
– Dass mein Herz ... sich nach ihr sehnt. Ich habe solche Gefühle kaum gekannt in meinem Leben.
– Ich weiß.
– Catherine ist die eine große Ausnahme.
– Unbedingt!
– Machst du dich lustig?

– Was hast du Farah geantwortet?
– Sie fehlen mir.
– Unglaublich originell!
– Erzähle weiter. Lass dich nicht von Farah ablenken.
– Du bist ein Sklaventreiber!

Schüttelfrost

1.

Drei Jahre waren seit dem Fest in Jerusalem vergangen. Catherine verreiste oft, nach wie vor. Ihr hattet euch längst versöhnt. Sie wirkte in Buenos Aires beim Aufbau eines neuen Museums der Moderne mit, als du begonnen hast, »Teitelbaum's Nightmare« zu schreiben: eine Tragikomödie um einen Zirkusdirektor, der die Frauen hasst. Als er im westfälischen Örtchen Heiligenkirchen einer Zuschauerin, die nach einer lächerlich missglückten Vorstellung ihr Geld zurückverlangt, einen Schlag auf den Hinterkopf versetzt, wird sie ohnmächtig und muss ins Krankenhaus eingeliefert werden. Ein Richter der nahe gelegenen Kreisstadt Detmold verurteilt Bruno Teitelbaum zu einer Psychoanalyse. Im Verlauf der Therapie, deren handelnde Personen vor seinem inneren Auge, zugleich aber auf der Bühne auftauchen, erinnert er sich, als Fünfjähriger von zwei hübschen Kindergärtnerinnen verwöhnt worden zu sein, im Herbst 1940. Sie schenkten ihm Bonbons, Schokolade, sie streichelten ihn, fragten, ganz nebenbei, wo denn seine Eltern lebten. Ob es ihnen gut gehe? Ob sie Hilfe benötigten? Bruno antwortete, wahrheitsgemäß, er beschrieb den beiden Frauen, wo Vater und Mutter sich versteckt hielten. Am nächsten Morgen, um vier Uhr, standen Soldaten vor der Scheune, um die Familie abzuholen. Dem Jungen gelang es, sich im Heu zu vergraben. Seine Eltern wurden in Bergen-Belsen ermordet.

Die Arbeit an dem Stück ging dir nicht von der Hand; umso dankbarer warst du für eine Einladung, die du in jenen Wochen erhieltest. Ein deutscher Theaterverein fragte an, ob du an einer Aufführung deines politischen Bühnenwerkes »Land in Sicht« aus dem Jahr 1982 teilnehmen könntest, der Leiter des Kulturzentrums im Städtchen Ahlen in Westfalen sei ein Bewunderer deiner Werke und wolle dich gerne persönlich kennenlernen. Da »Teitelbaum's Nightmare« in der deutschen Provinz angesiedelt ist, nahmst du die Gelegenheit wahr, ein wenig Lokalrecherche zu betreiben, und sagtest zu – zur Überraschung der Veranstalter.

Mit dem Zug nach Köln, wo du von einem rollkragenpullovertragenden, vollbärtigen Volkshochschullehrer, Herrn Bluthe, abgeholt wurdest. Auf der Autofahrt nach Ahlen fragte er dich: »Sind Sie ein bekannter Autor?«

»Ich bin ein müder und sehr trauriger Autor.«

Er sprach uns danach kein zweites Mal an. Vor der Aufführung bist du durch die kalten Gassen des Städtchens spaziert, kein Lokal, kein Café weit und breit. In einem Kramladen hast du den koreanischen Besitzer um Kaffee gebeten. Er dachte, du wolltest Kaffee kaufen, nein, sagtest du, ich will einen Kaffee trinken – er verschwand in den hinteren Räumen des Ladens, machte dir ein Zeichen, ihm zu folgen. Er braute dir da, in einer engen Nische, einen Nescafé. Du hast von dem, was er dir erzählte, wenig verstanden. Ihr seid neben einem zerbrochenen Faxgerät gesessen. Er sagte: »Langschon Deutschland. Frau und ich. Langschon. Gutes Land. Schlechtes Land.« Er lachte laut und sah danach sehr erschöpft aus. Du wolltest bezahlen, er lehnte ab. Du hast beschlossen, den Koreaner in »Teitelbaums Nightmare« vorkommen zu lassen – als hochzufriedenen Zirkusbesucher.

Kaum wieder auf der Straße, es dämmerte schon, packte dich ein Gedanke und ließ dich nicht mehr los. Bei jedem Schritt sagtest du dir vor, wie lachhaft und traurig es wäre, stünde in deiner Biographie zu lesen: Max David Villanders, geboren (als Jakob Stein) in San Francisco, gestorben in Ahlen, Westfalen. Geboren in San Francisco, gestorben in Ahlen, Westfalen. Immer wieder: geboren in San Francisco, gestorben in Ahlen, Westfalen.

Die Inszenierung von »Land in Sicht« empfandst du als grauenhaft. Die so wichtige Szene kurz vor dem Ende, im Maschinenraum des Ozeandampfers, war dem Regisseur und seinen Akteuren vollends missglückt. Das Publikum applaudierte hochzufrieden. Man wollte mit dir sprechen, im Foyer, nach dem Ende der Vorstellung, du aber dachtest nur daran, dich zu verstecken, zu verschanzen, hast dich fortgestohlen wie ein Dieb.

Am Morgen bist du sehr früh erwacht und zum Bahnhof gelaufen; nichts wie fort aus Ahlen in Westfalen, nichts wie fort. Der kleine Koffer, den du hinter dir hergezogen hast, ratterte durch die leeren Straßen.

Später dann, im Intercity von Köln nach Paris, versuchtest du zu schlafen, es gelang dir nicht. Die Nachbarn bedrängten dich mit ihren Körpergerüchen und engten dich mit ihrer Physis ein. Du bist in die erste Klasse übersiedelt, ließest dich in die weiche Polsterung fallen, atmetest dort etwas freier. Während deiner erneuten Schlafversuche überkam dich Schüttelfrost. Das sei die Müdigkeit, das Übernächtigsein, dachtest du. Je länger die Reise dauerte, desto heftiger zitterte dein Körper, von Kopf bis Fuß. An der Gare du Nord standst du schlotternd in der Taxischlange.

Zuhause tobte die portugiesische Putzfrau. Du verkrochst dich sofort ins Bett. Arme und Beine schlugen aus. Trotzdem gelang es dir, einzuschlafen. Ermelinda weckte dich, zwei Stunden später, wollte für den abgelaufenen Monat bezahlt bekommen. Sie erschrak, als sie dich sah, suchte nach einem Fieberthermometer. Es stieg sofort auf 39,8.

Das Zittern tauchte in Schüben auf, es überfiel dich in Wellen. Du und ich, wir konnten nichts gegen das Zittern, das Beuteln unternehmen. Du gerietest – obwohl im Bett sitzend – völlig außer Atem, wie bei einem Hürdenlauf über zweihundert Meter. Dann verschwand das Fieber plötzlich wieder, der Schüttelfrost ließ nach, halbe Tage lang herrschte Ruhe. Bis eine neue Welle über dir zusammenbrach, die Temperatur wieder ansteigen ließ, das Zittern abermals von dir Besitz ergriff. Seit vierzig Jahren, seit dem Rheumatischen Fieber, hattest du dich nicht so todesnah gefühlt.

– Man bekommt den Eindruck, ich hätte viel gelitten in meinem Leben.
– Sagt man das von sich selbst?
– Warum denn nicht?
– Ich kann es über dich sagen, aber du doch nicht über dich selbst. Du hast gelitten, sogar viel gelitten, in deinem und meinem bisherigen Leben. Darf ich fortsetzen?
– Ich bitte dich darum ...

Am dritten Schüttelfrost-Tag suchtest du unsere Hausärztin Madame Louvier auf, batest, dich ausnahmsweise vor den wartenden vier Patienten an die Reihe zu nehmen. »Ausgeschlossen«, gab sie zurück. Wir froren bis auf die Knochen. »Manche Menschen können warten«, belehrte sie dich, eineinhalb Stunden waren inzwischen vergangen, »andere können es nicht. Sie sehen in der Tat etwas mitgenommen aus. Man möchte fast meinen: ein Überlebender der Konzentrationslager. Aber Todesangst? Die Sache ist doch klar: Diese Schnellzüge stoßen mit ihrer Lüftung massiv Viren aus. Die Luft wird in Intercitys nie erneuert; Sie haben sich auf der Hinfahrt nach Deutschland angesteckt. Eine gemeine Grippe,

Monsieur Max, wirklich nichts Originelleres.« Sie entließ dich mit der Empfehlung, Geduld zu üben, heißen Tee zu trinken und reichlich Vitamin C einzunehmen.

Kaum hattest du die Wohnungstür aufgeschlossen, kam die Welle wieder. Sie fällte dich. Die Temperatur stieg und stieg. In einer kurzen Schlotterpause schafftest du es bis zum Medikamentenschrank, suchtest im Wirrwarr der Schachteln nach einem Antibiotikum. Wenn Madame Louvier dir nicht helfen könne, so dachtest du, dann wüsstest du selbst am besten, womit dieser unbegreifliche Zustand zu besiegen sei. Dir fiel eine Packung in die Hände, du hast drei oder vier Pillen geschluckt. Catherine rief an. »Du kannst dir doch nicht selbst ein x-beliebiges Medikament verordnen! Das tust du nur, damit ich mir noch größere Sorgen mache als ohnehin. Bin ich besonders weit verreist, erwischt dich jedes Mal irgendetwas Ernstes …« Und bevor sie auflegte: »Ich will nicht dauernd Krankenschwester sein müssen. Immerzu redest du von deinen Beschwerden, auch wenn du gesund bist. Nur Putzfrauen, Hausmeister und Obdachlose reden unentwegt von ihren Krankheiten. Und von den Krankheiten der anderen.«

– Der wahre Grund, mein Herz, warum Catherine so gereizt reagierte: Ihr Vater starb an einem Infarkt, als sie elf Jahre alt war.

– Auch Catherine hat viel gelitten in ihrem Leben.

– Umso überraschender, dass sie sich in einen Mann verlieben konnte, der Herzprobleme hat.

– Am nächsten Morgen erwachtest du fieberfrei. Das Schlimmste schien überstanden. Du hast weiterhin Antibiotika geschluckt. Dir zum ersten Mal seit Tagen ein Mittagessen gekocht.

– Und nachmittags fing alles wieder von vorne an.

– Endlich riefst du einen Notarzt – SOS Médecins.
– Moment, es läutet an der Tür.
– Und ich weiß, wer es ist!
– Um halb sechs Uhr abends? Sicher nicht. Warum sollte sie? »C'est qui?« Tatsächlich! Das hat sie doch noch nie gemacht ... Eindroppen nennt Catherine das unangemeldete Vordertürstehen. Sie hasst das!
– Hast du aufgemacht?
– Beruhige dich.
– Ich höre den Aufzug!
– Du weißt ja nicht, was sie von uns will.
– Ich weiß es ganz genau.

»Bonsoir«, sagt Farah, bleibt im Türrahmen stehen, »ça va? Ich bin nur gekommen, um mir einen Kuss abzuholen und um Ihnen zu sagen, dass ich jedes Mal Bauchschmerzen habe, wenn wir auseinander gehen. Und dass ich mich meinem Mann verweigere, zum ersten Mal seit unserer Hochzeit. Weil ich nur an Sie denken kann. Sie verdrehen mir den Kopf. Gehen Sie raus aus meinem Kopf und raus aus meinem Herzen! Ich habe heute Nacht kaum geschlafen. Ich sehe dauernd Ihren Blick vor mir, höre Ihre Stimme, spüre Ihre Lippen auf meiner Haut. Vergessen Sie sofort, was ich gerade gesagt habe. Entschuldigen Sie, dass ich Sie gestört habe. Stören musste.«
Sie stellt sich auf Zehenspitzen, wir stürzen uns in einen langen Kuss, die Zähne klirren aneinander, sie hält mich fest, wie keine Frau mich je festgehalten hat, streicht mir über die Beckenknochen, deutet eine Bewegung in Richtung meines Gürtels an, berührt die Gürtelschnalle, dreht sich um. Lässt mich in Aufruhr zurück.

2.

Docteur Joubert, der junge Notarzt, glich einem französischen Soldaten des Ersten Weltkriegs; sein Kinnbart, das schneidige Äußere, alles an ihm wirkte militärisch. Er fragte nach dem Ergebnis der bisherigen Bluttests. »Ihre Hausärztin hat Ihnen keinen Bluttest verschrieben? Sie haben doch keine einfache Grippe!« Er rief einen Bereitschaftsdienst an, der in Ausnahmefällen zu Patienten nach Hause kam. Untersuchte dich ungemein gewissenhaft, von Kopf bis Fuß. Hörte sich mein rasches Pochen an. Sah die Antibiotika-Packung daliegen. »Die haben Sie hoffentlich nicht genommen?« Du nicktest. »Nie wird man mit Sicherheit feststellen können, welche Bakterien für Ihren Zustand verantwortlich sind …« Sein Zorn richtete sich nicht gegen dich, er richtete sich gegen die ihm unbekannte Kollegin, die, wie er meinte, eine schwere Erkrankung übersehen habe.

Augenblicke nach seinem Fortgang traf der Blutabnahmedienst ein, eine langhaarige Frau in schwerer Lederjacke und mit schwarzem Motorradhelm unter dem Arm. Sie behielt die Jacke an, legte den Helm auf dem länglichen Steintisch im Wohnzimmer ab. Du fragtest bloß nach ihrem Namen. »Jocelyne«, hauchte sie, jagte eine dicke Nadel in deine rechte Armbeuge. Nach Minuten war sie wieder fort.

Um sieben Uhr morgens läutete das Telefon. »Tut mir leid, Sie zu wecken, Joubert am Apparat. Das Labor hat mich in der Nacht angerufen. Ihre Blutwerte sind katastrophal. Sie müssen sofort ins Spital. Ich weiß nicht, was Sie haben, ich weiß nur, es ist etwas Ernstes. Setzen Sie sich in ein Taxi. Jetzt sofort: Notaufnahme. Bleiben Sie nüchtern.«

Du warst an diesem Morgen fieberfrei, empfandest die Alarmmeldung des Arztes als übertrieben und bist mit dem Linien-

bus 91 zum Krankenhaus Pitié Salpêtrière gefahren. (Das fällt mir jetzt erst auf: Pitié = Mitleid.)
In der Notstation, so sorgtest du dich, würdest du endlos warten müssen. Du nahmst ein Buch über Pessachbräuche mit, an diesem Abend begann das Fest der ungesäuerten Brote, eine Woche der Erinnerung an den Auszug aus Ägypten. Du warst von einer orthodoxen Familie eingeladen, an ihrem Seder teilzunehmen. »Die Wüste ist der Ort der Freiheit, des Wanderns, der Bewegung«, hieß es im Vorwort des Werks »Pessach: Unsere Befreiung«. Und weiter unten: »Die Wüste ist der Ort des Ausgeliefertseins, der Ohnmacht, der radikalen Begegnung mit dem Einen.« Da wurde, kaum fünfzehn Minuten waren vergangen, bereits dein Name aufgerufen.

– Wurde dein Name denn nicht aufgerufen, mein Herz?
– Ich heiße Jakob Stein. Nicht Max David Villanders.
– Du heißt wie ich.
– Ich habe mich im Gegensatz zu dir nie umbenannt. Ich werde immer Jakob Stein heißen. Bis zu deinem letzten Atemzug. Bis zu meinem letzten Schlag.

Man stellte dir Fragen, immer wieder dieselben Fragen, unternahm Test nach Test, ließ sich die gesamte Krankengeschichte erzählen, von den ersten Anzeichen des Rheumatischen Fiebers bis zum Ausbruch des Schüttelfrosts. Um drei Uhr Nachmittag hast du zum ersten Mal um Essen und Trinken gebeten. Das Ärzteteam ging nicht darauf ein. Erneute Blutabnahmen, Röntgenaufnahmen, Elektrokardiogramm, Auskultieren. Du lagst auf einem ungemachten Bett. Zu deiner Linken eine alte Frau mit Bartstoppeln, die sich laut stöhnend von einer Seite auf die andere Seite warf, wobei sie jedes Mal »Caramba!« ausrief. Zu deiner Rechten ein soignierter älterer Herr mit gestutztem Schnurrbart, der stoisch ein Automobilmagazin nach dem nächsten durchblätterte.

Eine jugendlich anmutende Assistenzärztin ließ dich wissen, es bestehe der Verdacht auf eine schwere Entzündung in einer meiner elektrischen Kammern. Sie ordnete an, dich an einen Tropf zu hängen: »Aufbaustoffe, Monsieur Villanders.«

»Wann kann ich endlich fort? Ich habe heute Abend eine wichtige ...« Sie musterte dich kurz, mit stahlblauen Augen. »Ich betreue hier, wie Sie sehen, Dutzende Notaufnahmen. Da bleibt wirklich keine Zeit, nähere Auskünfte zu erteilen. Sie sind sehr krank. Mehr gibt es im Moment nicht zu sagen.«

»Stopfen Sie Ihre Kleidung in diesen Sack«, forderte dich wenig später ein großer Mestize mit schulterlangem Rastafarihaar auf.

»Warum sollte ich?«, wollest du wissen.

»Und überlegen Sie sich, welche Wertgegenstände Sie abgeben möchten, damit man sie wegschließen kann.«

»Warum, Monsieur?«

Er kicherte, als hättest du seine Fußsohlen gekitzelt. »Weil wir Sie hierbehalten, mein Herr. Sie kommen in die Intensivstation.«

Jetzt lachtest du: »Erzählen Sie mir keine Märchen.«

»Es ist mein voller Ernst.«

»Ich muss nach Hause! In Kürze beginnt ein hoher Feiertag, ich kann doch das Fest nicht im Spital ...!«

»Ihr Transfer erfolgt innerhalb der nächsten halben Stunde.« Er gab dir Kuchen und ein Glas Leitungswasser. »Von meiner Mama gemacht, sie gibt ihrem Loulou immer viel zu viel mit. In Wahrheit«, sagte er dann, »sind Sie jemand voll innerer Ruhe und Feinfühligkeit. Aber Sie können es nicht lassen, den Hysteriker zu mimen. Der Sie gar nicht sind.«

Bei Einbruch der Dunkelheit hast du den Kuchen von Loulous Mutter verzehrt, zum selben Zeitpunkt, da das Pessachfest begann, zu dessen strengsten Geboten es zählt, kein Brot, keinen Kuchen, keine auch nur mit Spurenelementen von Mehl hergestellten Lebensmittel zu verzehren, acht Tage lang, als Erinnerung an die Flucht, vor dreitausenddreihundert Jahren, als keine Zeit mehr blieb, richtiges Brot zu backen.

Catherine rief an. »Endlich erreiche ich dich. Du bist nicht zuhause? Es geht dir also schon wieder gut genug, um mit einer deiner fünfhundert Freundinnen durch die Stadt zu schlendern ...« Kaum hast du begonnen, ihr die Situation zu schildern, da unterbrach sie dich bereits: »Ich fliege noch heute Abend zu dir. Mein armer Schatz!«, flüsterte sie. So ein zärtliches Raunen hatte es seit Jerusalem nicht mehr gegeben.

3.

Zwei Tage nach deiner Einlieferung in die Intensivstation stand Catherine an unserer Seite. Du lagst dösend an Monitore angeschlossen. Sie küsste deine Stirn, flüsterte: »Bin ich froh, dass ich bei dir bin!«

Die Diagnose lautete auf Endokarditis, Entzündung meiner Mitralklappe. Ich war sehr bestürzt, dir das angetan zu haben. Du musst aber wissen: Ein gesundes Herz benötigt einen kräftigen Körper. Du hingegen warst ein Schwächling. Ein Sorgenvulkan.

Endokarditis – das Wort kam uns bekannt vor. Professor Vacherons Prophezeiung hatte sich erfüllt. Wenige Wochen zuvor hatte dein Dentist bei seiner halbjährlichen Untersuchung befunden: keine Karies; alles in bester Ordnung. Also reinigte er deine Zähne nur. Mit einem Hochdruckapparat wurde aller Zahnstein, jede Spur von Belag entfernt. Bakterien der Mundhöhle griffen daraufhin im Nu meine Klappe an. Der Schaden, den sie im Verlauf der Schüttelfrosttage schon angerichtet hatten, war nicht mehr rückgängig zu machen. Etliche der Aufhängefäden, jener feinen Stricke, die die Klappe an meinen Innenwänden festmachen, waren zerstört. Aber das wusstest du damals noch nicht …

Vier Tage behielt man dich auf der Intensivstation, dann wurdest du auf die normale Herzabteilung verlegt. Dein Blick aus dem Fenster ging auf die Station Chevaleret der Métrolinie 6, die hoch über dem Boulevard Vincent Auriol auf hellgrauen Stahlbrückenbögen verkehrt. Alle zwei Minuten fuhr ein Zug vorbei, in die eine oder in die andere Richtung, manchmal trafen sich die Züge vor deinem Fenster. Dahinter weitete sich der Blick auf Hochhäuser, du hast ihre Stockwerke täglich gezählt, fünfunddreißig Etagen hatte das linke, neununddreißig Etagen das rechte Gebäude. Du sahst den Fußgängern zu, auf dem Boulevard, und hast das Café »Le Relais« an der Ecke beobachtet, die Boulangerie auf der gegenüberliegenden Straßenseite, eine Apotheke nebenan. An den Abenden schautest du zu den hell erleuchteten Métrozügen hinüber, zu den Menschen in den Waggons, die da eng beieinander saßen und standen. Nicht wenige von ihnen, so hast du dir eingebildet, richteten im Vorbeifahren ihre Blicke auf dein Zimmer, dein Bett, nahmen dich wahr.

Catherine brachte dir eine große Schachtel hauchdünnes ungesäuertes Pessachbrot. Die Matze zerfiel bei jedem Bissen in hundert Partikel und Krümel. Wenn sie fortging, hast du dich ans Fenster gestellt, mit der Infusionsstange an deiner Seite, und ihr zugewinkt, während sie auf die Métrostation zuging. Sie drehte sich nach dir um, das tat sie nach Abschieden sonst nie, seitdem ihr euch kanntet.

– Ist nicht selbstverständlich, was du hier als Besonderheit betonst?
– Nicht nach allem, was sie mit dir erleben musste, im Verlauf der Jahre.
– Bist du jetzt wieder ganz auf ihrer Seite?
– Ich bin um Gerechtigkeit bemüht, c'est tout.

Professor Beauregard, den Chef der Abteilung, bekamen wir selten zu sehen. Wenn er zu dir kam, ein kleinwüchsiger, drahtiger Mann in unserem Alter, sprach er von seiner Liebe zur klassischen Musik. »Bach, Brahms, Bruckner, Beethoven sind meine Lieblingskomponisten. Alle mit B. Wie ich!« Mahlers Sinfonien fand er grauenhaft. »Gustav Mahler hat einen Herzklappenfehler gehabt, wussten Sie das?«, fragte er. »Die Ärzte warnten ihn, er müsse sich schonen. Er tat das Gegenteil. In New York, während anstrengender Proben, schlug sich eine schwere Infektion auf sein Herz. Das Penicillin war ja 1911 noch längst nicht erfunden. Die Bakterien zerfraßen zuerst die eine Klappe, dann die andere, dann nisteten sie sich in den Kammern ein. Wenige Wochen später war er tot.« Er zeigte mit dem Finger auf dich: »Sie haben dieselbe Krankheit erwischt!«
Ein anderes Mal erschien Beauregard mit einem Tross von dreizehn Medizinstudenten und -studentinnen, die dir eine Bitte vortrugen: mich abhören zu dürfen. Das Geräusch meiner Klappe sei ein klassisches Schulbeispiel eines besonders deutlich vernehmbaren Herzfehlers. Es komme nicht oft vor, dass man das Pfeifen und Murmeln einer beschädigten Mitralklappe so prägnant hören und studieren könne wie bei mir. Ich bat dich: Nein! Erlaube es ihnen nicht! Und du? Hast natürlich sofort Ja gesagt, kein Problem, bitte, und schon standen die Damen und Herren Assistenten und Studenten

vor dir Schlange, ausgerüstet mit ihren kalten Stethoskopen, und hörten dich ab.
Manche blieben eine halbe, manche eine ganze Minute vornüber gebeugt. Ihre Kopfhaare, Barthärchen, ihre Ausdünstungen, Brillen, Ohrringe, Ketten kamen ganz nah an dich heran. Eine Studentin lächelte dich an, raunte dir zu: »Merci! C'était vraiment sensationnel ...«

– Ich unterbreche ...
– Ich habe nichts gehört.
– Genau zur selben Zeit wie gestern!
– Ich mache ihr nicht auf.
– Das wäre sehr gemein von dir.
– Sie lenkt uns zu sehr ab. Wir sind mitten in der Arbeit.
– Ich diktiere dir nicht weiter, wenn du ihr nicht aufmachst. Außerdem würde es sie ungemein kränken.
– Sie kann nicht wissen, dass ich zuhause bin.
– Sie spürt es. Du hockst ja dauernd nur da und bewegst dich kaum je hinaus. Du gehst nirgends hin. Du hast kaum Freunde. Nicht einmal ins Kino gehst du mehr.
– Sie ruft an.
– Antworte ihr!
– Die Erinnerung, vorhin, an Catherines Nähe, hat mir so gut getan ...
– Das ist der Grund! Nicht unsere Arbeit!
– Eine Textnachricht: Sind Sie zuhause? Bin unten. Ihre Farah aus den Bergen.
– Öffne ihr die Tür!
– Catherine ist die Frau meines Lebens.
– Du bist ja wirklich die Scheinheiligkeit in Person.
– Ich gehöre zu Catherine und zu meinen Töchtern. Zu niemandem sonst.

– Ich stürze dich in eine neue Krise, wenn du ihr nicht öffnest!
– Damit kannst du mir keine Angst mehr machen. Diese Zeiten sind vorbei.
– Sei dir da nur nicht allzu sicher!
– Drohst du mir?
– Ich drohe dir.
– Ich schreibe ihr ... Bin zwei Tage verreist. Arbeiten wir weiter?
– Ohne mich.
– Es geht auch ohne dich.

4.

Jeden Morgen erwachte ich wie einer, den man aus Folterkammern entlässt. Oder den man lebendig begraben und nach Tagen an die Erdoberfläche zurückgeholt hat. Die Schwere der Erdschichten lastete auf mir, blieb auf mir liegen, jeweils bis zur Mittagszeit.

Am zehnten Tag nach meiner Einweisung, ich spazierte erstmals durch die Korridore, stand Madame Fantoni vor mir. Ich hatte sie nie ohne weißen Kittel gesehen. Ihr Gewand erinnerte an die Kleidung österreichischer Adeliger, Jagdmode, langer Rock, dickes Jackett, alles in Herbstfarben. Ein rosa Halstuch dazu. Ich war so überrascht, dass ich sie auf beide Wangen küsste. Wir gingen in mein Zimmer. Sie sah die vielen Bücher.

»Ah, Sie können hier in Ruhe arbeiten!«
»Mir wäre lieber, hier nicht in Ruhe zu arbeiten ...«
»Was ist Ihnen da eingefallen?« Sie schien befangen, so kannte ich sie nicht.

»Sind Sie nach wie vor der Meinung, es sei unnötig, Patienten mit Klappenfehlern vorzuschreiben, vor jedem Zahnarztbesuch Antibiotika einzunehmen, Frau Doktor?«
»In zwanzig Jahren ist mir ein Fall wie Ihrer niemals untergekommen. Ab sofort fordere ich alle meine Patienten mit Klappenfehlern auf, vor jedem Zahnarztbesuch ...«
»Davon habe ich sehr viel. Ich danke Ihnen!«
»Warum so zynisch? Ich kann bestimmt nichts dafür!«
»Ich könnte Ihnen den Prozess machen, ich hätte sogar große Lust, Sie auf Unsummen zu verklagen.«
»Ich verstehe, dass Sie unglücklich sind, Monsieur Villanders, aber glauben Sie mir: Ich bin unschuldig. Selbst die American Heart Association verschreibt bei Klappenfehlern keine Antibiotika-Vorsorge mehr ...« Sie verabschiedete sich höflich, freundlich sogar, verließ rasch den Raum.

Drei Wochen blieb ich im Spital. Nach der Entlassung fühlte ich mich benommen, schwindlig, betrachtete die Wirklichkeit wie durch Nebel, wie durch die Plexiglas-Trennscheibe eines New Yorker Taxis. Ich horchte bei jedem Schritt in den Brustkorb hinein. Schlugst du wieder zu rasch? Schlugst du regelmäßig? Unregelmäßig? Aus der Ferne winkte mir das Fremdgefühl, meldete sich die Angst aus den Jahren vor unserer ersten Operation zurück.
Eine Untersuchung durch Dr. Beauregard, einen Monat später, bestätigte, die Infektion der Mitralklappe sei überwunden. Ich galt als geheilt, deine Kammern als keimfrei. Zum Abschied gab mir der Arzt die Worte mit: »Hätten Sie zu Zeiten Gustav Mahlers gelebt, wären Sie jetzt schon tot. Wir sehen einander in drei Monaten zu einer Routineuntersuchung wieder.«

Die Suche

1.

Im Postkasten ein unfrankiertes Kuvert: An Monsieur Max David. Auf der Rückseite in winziger Schrift: Farah des Montagnes. Du schlägst rascher als vor der Entdeckung des Briefs. »Auch wenn ich Sie niemals wiedersehen sollte«, heißt es da, »unsere wenigen Begegnungen haben mein Leben verändert. Ich werde Ihnen dafür immer dankbar sein. Ich wollte, dass Sie das wissen. Die Welt erscheint mir eine bessere, schönere, freundlichere, seitdem ich Sie kenne. Ich werde Sie nie vergessen. Ihre F.«

– Siehst du: Sie ist mir nicht böse.
– Sie denkt, es sei alles vorbei!
– Ich werde mich bei ihr melden.
– Wann wirst du dich bei ihr melden?
– Später.
– Nein, jetzt meldest du dich!
– Beruhige dich. Ich rufe dann an.
– Wann dann?
– Ich probiere es gerade ... Warte ... Sie antwortet nicht.
– Hinterlasse eine Nachricht.
»Ich habe Ihren Brief erhalten und ... freue mich, Sie bald wiederzusehen. Sagen wir am Montag Nachmittag?«
– Sie kann doch ruhig zu uns kommen!
»Montag, fünfzehn Uhr dreißig. Am üblichen Ort.«
– Noch vier Tage!
– Vier Tage konzentrierter Arbeit. Wunderbar.
– Du quälst mich.

2.

Drei Monate nach Überwindung meiner Klappenentzündung wurde dir im neonhellen Keller der Salpêtrière eine meterlange, babyarmdicke Sonde durch die Speiseröhre in den Brustkorb geschoben. Die an ihrer Spitze positionierte Kamera lieferte ein genaues Abbild von mir, aus allernächster Nähe. Der Spezialist, der dich und mich im Auftrag Beauregards untersuchte, stieß das massive Objekt langsam, dennoch zügig in dich hinab. Wer glaubt, ersticken zu müssen, verliert jedes Zeitgefühl. Du wurdest ohnmächtig, noch bevor man den Drachenschwanz wieder zurückzog. Kaum bei Bewusstsein, wurden dir bereits die Ergebnisse mitgeteilt: »... une fuite très importante. Il va falloir opérer.« Undichte? Eine Operation, mehr als drei Jahrzehnte nach der ersten? »Ich bin vor drei Monaten als geheilt entlassen worden«, flüstertest du, »hat sich denn seither etwas ... verändert?« Dir wurde schwindlig. Ich pochte unregelmäßig, du fühltest dich krank, unwohl. Der Arzt wiederholte: »Il faut opérer bientôt, c'est sûr.« Er erklärte dir, die Mitralklappe sei infolge der Entzündung doch so sehr in Mitleidenschaft gezogen worden, dass sie nicht mehr korrekt funktioniere. Du verlangtest Beauregard zu sprechen, man nannte dir einen Termin Tage später. Du sandtest die Testergebnisse an George Wood, einen Londoner Herzspezialisten, der dir alle Angst nahm: »Operation mit Sicherheit unnötig!« Du kanntest ihn aus der Kindheit, er war mit unseren Eltern befreundet gewesen, du hattest ihn seit Jahrzehnten aus den Augen verloren. Wood kam nach gründlichem Studium der Unterlagen zu dem Schluss, meine Werte stellten keinen akuten Grund zur Sorge dar.

Typisch du: Am nächsten Morgen hast du dieselben Unterlagen auch an Professor Vacheron geschickt, der uns einst vor den lauernden Gefahren gewarnt hatte. Zwei Tage später, du saßest im Eurostar nach London, surrte dein Handy. »Sie müssen sich sofort operieren lassen! Ich habe ...« Die Verbindung war unterbrochen, du riefst zurück. »Ich habe die Ergebnisse genau geprüft, da gibt es gar keine Diskussion!« Wieder unterbrochen, wieder riefst du zurück. »So rasch wie möglich operieren. Der Schaden, den die Infektion an Ihrer Klappe angerichtet hat, ist groß. Daran kann man zugrunde gehen. Habe ich Sie nicht gewarnt? Kommen Sie in meine Praxis, sobald Sie können, und ich sage Ihnen, zu welchem Chirurgen Sie ...« Du riefst dieses Mal nicht zurück. Der Zug verschwand im Tunnel unter dem Ärmelkanal.

3.

Im Talmud heißt es: Wer sich einer größeren Operation unterziehen soll, hole zuvor drei Meinungen ein und befolge die Aussage der Mehrheit. Du aber hast sieben Kardiologen nach ihrer Einschätzung befragt. Die Suche nach einem Mediziner begann, der dir unmissverständlich bestätigen würde: Sie müssen sich nicht operieren lassen. Du bist zu Spezialisten in Paris, Zürich, Wien und München gepilgert. Außer George Wood kamen sie alle zu demselben Ergebnis: Die Operation sei notwendig. Zwar herrsche keine extreme Dringlichkeit, den Eingriff jedoch nicht vornehmen zu lassen, komme nicht in Frage.
Deine letzte Hoffnung: ein Homöopath. Nach zweistündiger Anamnese wusste er, Mom treffe alle Schuld: »Sie hat Sie unterdrückt. Sie hat Sie krank gemacht. Sie hat Ihr Herz zum Bersten gebracht. Kommen Sie bald wieder, Ihr Fall interessiert mich!«

Während einer Dramatiker-Tagung an der Berliner Volksbühne, die der Frage »Ist das Theater der Moderne noch zu retten?« nachging, erzähltest du dem Bürgermeister der Stadt, der sich als Freund deiner Werke zu erkennen gab, von deinen Sorgen. Er rief den Chefarzt der Herz-Abteilung in der Charité an. »Wer von Professor Fiala untersucht werden will, hat mit zwei bis drei Monaten Wartezeit zu rechnen«, erklärte dir der Bürgermeister und vermittelte dir einen Termin am nächsten Morgen.

Das Team um den berühmten, dank seiner Leibesfülle durchaus beeindruckenden Mediziner ordnete an, dich und mich einem so genannten Stresstest zu unterziehen. Auf diese Idee war keiner seiner Kollegen zuvor je gekommen. Man setzte dich auf ein Trainingsrad, befestigte Kabel an dir und forderte dich auf, »zügig« Rad zu fahren, ohne Pause, so lange es dir möglich sei. Du hast immer höhere Schwierigkeitsgrade erstrampelt, bis mit einem Male »Stopp!« gerufen und der Test abgebrochen wurde. Fiala entschied: »In einem Jahr operieren wir. Hier, in meiner Klinik. Sorgen Sie sich nicht. Mitralklappenkorrekturen sind heutzutage reine Routine.«

Du reichtest Fiala und seinen Assistenten zum Abschied die Hand, als ich dich mit einer der katastrophalsten Flatterattacken überfiel, die du je gekannt hattest. Wieder Berlin! Wie einst im Sportpalast, zu den Stampfklängen von Fleetwood Mac.

– Du erzählst das so, als seist du stolz auf deine Unzuverlässigkeit? Ich empfand Wut auf dich, nur Zorn, nur Trauer. Endlose Enttäuschung darüber, dass du so absolut unzuverlässig bist.
– Warst.
– Bist.

– Sei nicht ungerecht. Die Aussicht, ein zweites Mal operiert werden zu müssen, machte mich rasend. Wundert dich das?
– Man kann mit dir im Leib auf nichts bauen. Du schlägst einem ein Schnippchen, wenn man es am wenigsten erwartet und vermutet. Eines Tages wirst du mich umbringen.
– Diese Zeiten liegen hinter uns, ich schwöre es, so wahr ich dein Zweit-Ich bin.
– Fahre fort, erzähle weiter von Berlin.

»Doktor ... es geht mir nicht gut ...«, hast du geflüstert, »mein Herz ... flattert so stark!«
Professor Fiala legte die große Rechte auf deine Schulter. »Kein Grund zur Sorge. Das kommt manchmal vor, insbesondere bei Klappenfehlern. Wir können auch früher operieren, wenn Sie mögen.«
»Sollte ich nicht wenigstens eine Nacht bei Ihnen bleiben, Herr Professor? Kann ich denn in diesem Zustand nach Hause fliegen?«
»Natürlich können Sie das ...«, entschied Fiala und wandte sich bereits seinem nächsten Patienten zu.

4.

Du wurdest mein pochendes Stolpern nicht mehr los. Tagaus, tagein strampelte ich gegen dein Brustbein. Eine Reise zur Premiere der Broadway-Adaption deines ersten Stücks, des »Tiger-Labyrinths« aus dem Jahr 1974, wolltest du unter keinen Umständen absagen. Beauregard war außer sich: »Vous êtes en flutter, vous ne pouvez pas prendre un avion!« Wenn man unter akutem Vorhofflimmern leide, mit deiner Vorgeschichte noch dazu, seien Transatlantikflüge streng untersagt, die Gefahr einer Thrombose viel zu groß. Du hast den Arzt so lange inständig gebeten, dich nach New York reisen zu lassen, bis er dir ein Dutzend vorverpackter Blutverdünnungsspritzen überreichte, die man sich zweimal täglich selbst in den Leib zu jagen hatte. In Nabelnähe setztest du die Nadel an und leertest den Injektionsinhalt rasch in deinen Unterbauch.

Du wohntest bei deinen engen Freunden im East Village, dem Fotografen-Ehepaar Struycken-Zwick, in ihrer zum Wohnhaus umgebauten ehemaligen Presbyterianerkirche. Treppen zu steigen war dir nie zuvor so schwer gefallen. Du lerntest die Treppenfurcht kennen. Ich schlug zweihundertmal in der Minute, als du, ganz außer Atem, im vierten Stockwerk ankamst.

– Ich gab mir große Mühe, nie etwas oben liegen zu lassen, um nicht erneut hinaufklettern zu müssen. Was ich alles erfand, wenn eine Rückkehr in die vierte Etage doch nötig wurde, um die Treppen nicht zu nehmen!
– Die Freunde bestanden darauf, du müssest sofort einen Herzspezialisten sehen – du seist offenbar sehr krank.
– Sie kontaktierten den Präsidenten der American Heart Association, Martin Font, den sie gut kannten.
– Bei dir muss es immer gleich ein Präsident, ein Bürgermeister, auf jeden Fall Prominenz sein, die dir hilft. Ein normaler Kardiologe wäre nicht gut genug gewesen.
– Ich wartete zwei Tage auf ihn: Er nahm an der Vollversammlung der Vereinten Nationen teil. Ergab sich im Plenarsaal der United Nations ein Notfall, stand Font den Regierenden aus aller Welt augenblicklich zur Verfügung.

Er empfing dich schließlich im Mount Sinai Hospital an der Fifth Avenue, am Rande des Central Park. Mein Flattern hatte auch acht Tage nach der Berlin-Reise keineswegs nachgelassen. »A tragic mistake, to do a stress-test with someone like you«, murmelte Font, untersuchte uns in einer fensterlosen Kammer. Sein Befund stand rasch fest: Innerhalb eines Jahres müsse der Klappenfehler behoben werden. Er empfahl dir den idealen Chirurgen, seinen langjährigen Freund, den berühmten Adam Dantzig, der die Herz-Abteilung des modernsten Spitals von Paris leitete. »Er ist zwar nicht mehr der Jüngste, aber dafür ist er der Beste! Er hat die Herzchirurgie revolutioniert. Sie haben Glück, dass Sie in Paris leben ...« Und gab dir einen Brief für Dantzig mit, entließ dich mit den Worten: »Haben Sie keine Angst! Adam ist der Papst der Klappen-Reparateure weltweit. Ihm ist es zu verdanken, dass man Mitralklappen seit einigen Jahren nicht mehr unbedingt ersetzen muss, sondern reparieren kann. Chirurgen in aller Welt bedienen sich seiner Methode, Klappen zu retten, zu festigen, zu nähen, statt sie auszuwechseln.«
Er verschrieb ein Digitalis-Präparat, aus der Pflanze Fingerhut gewonnen. In einem Drugstore am Broadway ließest du es dir sogleich abfüllen. Schon am nächsten Morgen nahm mein Vorhofflattern merklich ab. Treppen aber blieben Gefahrenzonen, in den Untergrundstationen, in den Theater-, Büro- und Apartmenthäusern. Wo auch immer wir ihnen begegneten, du und ich, wurden wir ängstlich.
Die Premiere des Musicals »Tigermazing!« versäumtest du (die Broadway-Produzenten hatten mein »Tiger-Labyrinth« natürlich umbenannt), du fühltest dich an jenem Abend viel zu matt. Die Kritiken ließen zu wünschen übrig, doch das Publikum strömt nun schon seit zwei Jahren ins Longacre Theatre. Von den Einnahmen erhältst du nur sehr geringe

Summen, da deine Agentin – du hast sie mittlerweile verlassen, Gott sei Dank – einen indiskutablen Vertrag ausgehandelt, sich von den Musicalmännern nach Strich und Faden hereinlegen hatte lassen. Du hast am Tag vor dem Abflug eine Matinee besucht – die Aufführung wies mit deiner Vorlage so gut wie keine Ähnlichkeiten auf.

– Darf ich dich kurz unterbrechen, mein Fürst?
– So hast du mich noch nie genannt, wie komme ich zu dieser Ehre?
– Ich habe Sehnsucht nach Farah ...
– Nur drei Tage noch, ich bitte dich!
– Ich kann nicht so lange warten. Ich will sie um dich spüren, deine Stimme hören, wenn du zu ihr sprichst, mit ihr lachst, ihre Stimme hören, wenn sie dir Zärtlichkeiten zuflüstert.
– Mein heißes Herz!
– Ich möchte den Rest deines und meines Lebens mit ihr teilen. Sehnst du dich denn nicht nach ihrem Duft, ihrer Haut, ihrem Haar, ihrem Lächeln? Dem Umriss ihrer kleinen, spitzen Brüste?
– Ich sehne mich. Aber ich kann mich beherrschen.
– Du bist so normal, so schrecklich normal.

5.

»Wen Martin mir schickt, den empfange ich sofort. Liegt kein Notfall vor, muss man normalerweise ein Jahr auf mich warten. Bei Ihnen allerdings sollte rasch eingegriffen werden. Die Undichte ist viel zu groß, so darf man sie keinesfalls belassen.« Adam Dantzig empfing dich und mich in den hellen Hallen des Spitals Georges Pompidou, gefolgt von einem Assisten-

ten und einer beleibten, humpelnden Krankenschwester. Der berühmte Chirurg bat dich in sein Büro. Hohe Fenster, vierter Stock, Blick auf die Seine. Ein schwer beladenes Frachtschiff, hundert Meter lang, tuckerte flussaufwärts. Assistent und Schwester standen links und rechts von Dantzig, Tempelwächtern ähnlich. Er sprach von einem amerikanischen Talkshow-Star, den er einige Jahre zuvor an der Mitralklappe operiert hatte, die Geschichte war durch die Weltpresse gegangen. Ein Noteingriff, der äußerst erfolgreich verlaufen war.
»Wenn ich mit Charlie in New York unterwegs bin, erzählt er jedem: Dieser Mann hat mir das Leben gerettet!«
»Sie meinen also, man sollte tatsächlich bald operieren?«, fragtest du.
»Unbedingt!« gab er zurück.

– »Das wäre meine zweite Operation am offenen Herzen!«, murmelte ich vor mich hin. Dantzig reagierte nicht.
– Ich zog mich zusammen, wie Austern, die man mit Zitrone beträufelt. »Wann möchten Sie den Eingriff vornehmen?«, wolltest du wissen.
»In einem Monat!«
»So bald!?«
– Dann dachte ich: Im nächsten Jahr wird Dantzig vierundsiebzig. Je früher, desto besser. So lange er in Form ist. Zitterten seine gepflegten Hände?
– Krankenschwester und Assistent beobachteten dich wie Polizeibeamte einen Untersuchungshäftling beim ersten Verhör.
– Ich sah ihm in die Augen, fragte: »Sie würden mich persönlich operieren? Nicht einer Ihrer Studenten oder Assistenten?«
– Dantzig schien gekränkt: »Mais bien sûr! Umso mehr, da es Martin ist, der Sie zu mir schickt!«

– Wäre ich ohne Fonts Vermittlung zu ihm gekommen, hätte er mich nicht persönlich operiert? Ich stellte ihm die Frage nicht. »Ich werde«, verkündete Dantzig, »Ihre Klappe sehr wahrscheinlich reparieren können, ohne sie durch einen Fremdkörper, eine Tier- oder Metallklappe, ersetzen zu müssen.«
– Du wolltest wissen, wie groß die Wahrscheinlichkeit sei, dass die Operation misslinge, erinnert du dich an seine Antwort?
– »Drei bis fünf Prozent ... Natürlich kann sie auch unglücklich enden, ich mache Ihnen nichts vor. Aber alles wird gut gehen!« Die beiden Tempelwächter nickten im Takt.
– Ängstlich haktest du nach: »Angenommen, Sie nähmen den Eingriff nicht vor. Was geschähe dann mit mir, mit meinem Herzen?«
Er lehnte sich zurück, räusperte sich. Ein Stadtrundfahrtsschiff fuhr unter dem Fenster vorbei, man vernahm aus den Bordlautsprechern, wie das Spital genannt wurde. »Wenn Sie jetzt das Gebäude verlassen«, entgegnete Dantzig, »die Straße überqueren und ein Lastwagen fährt Sie an, Sie sind verletzt, ein schwerer Beinbruch, dann kann man diesen Beinbruch natürlich unoperiert belassen. Sie werden nicht sterben. Zumindest nicht so rasch. Sie werden ein paar Jahre dahinvegetieren. Ist das ein Leben? Ein halbes Leben, ein Drittel-, ein Viertelleben. Hätte das denn Sinn?«
Er griff zum Telefon, bat seine Sekretärin, sie saß einen Stock tiefer, das Datum festzulegen. Er reichte dir die Hand, schmunzelte aufmunternd, verschwand in Begleitung seiner Komplizen. Madame Umbrini trug den Termin in Dantzigs Kalender ein, ein Montag Anfang Dezember, sechs Wochen später.

6.

In den Stunden, Tagen, Wochen nachdem du die Schwelle des Hospitals Georges Pompidou überschritten hattest, wurdest du das Gefühl nicht mehr los (es verfolgte dich auch bei Nacht), in eine Falle gelaufen zu sein. Adam Dantzig bekomme seines Alters wegen kaum noch Arbeit, freue sich über jede ihm gebotene Gelegenheit, am offenen Herzen zu operieren. Ein Tor war zu ihm gepilgert, in der Annahme, der berühmte Mann befinde sich noch auf der Höhe seines Könnens. In Wahrheit sei er längst nicht mehr in der Lage, Herzen aufzuschneiden, ohne zu zittern, stehe bestenfalls als Ratgeber bei, wenn operiert wurde, überlasse die Arbeit seinen Studenten. Wohl nicht nur seinen besten, jedem musste ja die Chance gegeben werden, das Handwerk zu erlernen.

– Du warst nach dem Besuch bei Dantzig so ängstlich, gereizt und unglücklich wie nie zuvor in unserem ganzen Leben.
– Ich nahm Abschied von allem, was mir wichtig, lieb, nahe war, dachte zugleich: wozu das Ganze? So schlecht fühle ich mich doch gar nicht. Ich lege mich unter's Messer, ohne wirklich schwer krank zu sein?
– Du warst ständig in Schweiß gebadet. Es verschlug dir den Appetit, selbst Durst kanntest du kaum noch.
– Jede Tageszeitung, jeder Fernsehbericht löste Trauer, nichts als Trauer aus: Wie jammerschade es sei, das Leben bereits verlassen zu müssen. Wie düster, wie schmerzhaft, die Familie, meine Arbeit, die Majestät der Berge und Wälder, das Glitzern der Seen, die Hitze der Wüsten, die Frische der Meere für immer zu verlieren.
– Du hast in Wehmut gebadet. Die Vorahnung deines Todes überwog alles andere.

– Eine Woche vor dem Operationsdatum erhielt ich spät abends den Anruf von Catherines Bruder; er hatte sich seit langem nicht mehr bei uns gemeldet.

Alexander Malamud betreute in Mali ein Forschungsprojekt der Unesco, kam nur alle sechs Monate für kurze Perioden nach Europa. Er fragte nach deinem Befinden. Du hättest ihn von dem bevorstehenden Eingriff unbedingt unterrichten sollen, warf dein Schwager dir vor, du wüsstest doch, dass er mit einem hervorragenden Herzchirurgen eng befreundet sei. »Nein, Alexander, du hast mir nie von ihm erzählt.« Er werde Silvio Briol, seinen Freund, befragen, wie er zu Dantzig stehe, was er über ihn denke. »Das musst du nicht tun, er gilt als einer der berühmtesten und besten Chirurgen der Welt. Ich hätte es unmöglich besser treffen können.«
»Deine Stimme klingt nicht wie die eines Mannes, der sich seiner Sache sicher ist«, entgegnete Alexander, »lass mich nur machen …«
Er rief bereits eine halbe Stunde später zurück: »Du darfst dich unter keinen Umständen von Dantzig operieren lassen! Er war ein bedeutender Arzt, bis vor fünf, sechs Jahren. Er hätte längst aufhören müssen. Das sagen alle seine Kollegen. Du begibst dich in Lebensgefahr. Er ist innerhalb der Ärzteschaft wegen seiner immer häufiger auftretenden Kunstfehler verschrieen. Briol meint, man hätte dem Kollegen längst verbieten sollen, Operationen durchzuführen. Morgen früh rufst du dort an. Wirst alles stornieren. Versprichst du mir das?«
»Briol will die Operation bestimmt an sich reißen und spricht deshalb so schlecht über seinen Berufsgenossen«, vermutetest du.
»Silvio hat genug zu tun, glaube mir, er will dich nicht operie-

ren. Er meinte nur: Wenn es um den Schwager meines Freundes geht, muss ich ihn warnen. Er sagt auch: Le bon choix d'un chirurgien, c'est tout un roman ...«

7.

»Kommen Sie übermorgen zu mir in die Klinik, dort können wir über alles sprechen.« Seine tiefe Stimme gefiel uns, dir und mir. Du wurdest neugierig, wolltest Briol kennen lernen, sagtest Dantzig noch nicht ab, fuhrst in den hässlichen Vorort Nanterre. Das Spital wirkte ärmlich, traurig, baufällig. Briol erwartete uns in einer dunklen, engen Mansarde, zu der du erst nach langer Suche gefunden hast. Ein schmaler, drahtiger Mann trat dir entgegen, sechzigjährig, vielleicht etwas älter. (»Auch nicht mehr der Allerjüngste!«, hörte ich dich denken.) Er war allein im Raum. An der Wand, in seinem Rücken, eine abstrakte Zeichnung von Rachel Rothenstein. Das Blatt hieß: »Tailleur du Cœur«. Schneider, Herz?
»Wir sind eng befreundet, Rachel und ich«, Briol war deinen Augen gefolgt. »Sie meint nicht nur das Schneiden im Sinne eines Skalpells, keine Angst!, sie meint meine Vorfahren väterlicherseits, die aus Ungarn stammten. Mein Großvater war Schneider, er lebte in Venedig, im Ghetto.«
Du begannst zu stottern, warum eigentlich? »Ich ... kenne Rachel Rothenstein nicht – aber ich verehre sie sehr ... als Künstlerin ...«
Er ging auf deine Bemerkung nicht ein.

– Er gefiel mir auf den ersten Blick.
– Das war nicht zu überspüren. Deine Gefühle sprangen sofort auf meine Kammern über.

– Ich fühlte mich bei ihm gut aufgehoben. Ich sah mir seine Hände an. Klein und weich, trotzdem schön.

Er entschuldigte sich, deine Pläne womöglich durcheinander gebracht zu haben. Du zeigtest ihm die Untersuchungsunterlagen der letzten Monate, der letzten Jahre. Er sah sie lange durch, kam zu dem Schluss: Der Eingriff sei notwendig, ohne Frage, wenn auch nicht sofort.
Du wolltest die Operation so rasch wie möglich hinter dich bringen. Er nannte dir einen Termin neun Wochen später, notierte sich das Datum in einem kleinen hellblauen Taschenkalender. Verbrachte danach eine Stunde damit, dir alle Einzelheiten der bevorstehenden Intervention darzulegen. Welche Möglichkeiten, welche Gefahren, welche Vorteile sie mit sich bringe. Er nannte drei Optionen: das Einsetzen einer Metallklappe, die lebenslang halte, aber ein leises Surren verursache, das man beim Stillliegen wahrnehme. Darüber hinaus müsse, wer eine Metallklappe besitze, bis an sein Lebensende blutverdünnende Mittel einnehmen. Eine Tierklappe, vom Rind oder vom Schwein, halte etwa fünf Jahre, dann müsse man sie in der Regel erneuern. Drittens, im Idealfall, eine Reparatur der Mitralklappe, eine Korrektur, die nie wiederholt werden müsse. Erst bei geöffnetem Brustkorb könne er allerdings feststellen, räumte er ein, welche der drei Varianten die für dich geeignete sei.
»In den Wochen bis zum Eingriff möchte ich keine persönlichen Nachrichten von Ihnen erhalten«, bat er dich. »Sie dürfen aber auch keine persönlichen Nachrichten von mir erwarten. Ich habe Freunde, Bekannte, die Sie zufällig kennen, Ihr Schwager ist keine Ausnahme. Fragen Sie nicht, wen ich meine. Ich möchte nichts über Sie wissen, bevor ich Sie operiere. Ich muss Ihnen so gegenübertreten können, wie ich all

meinen anderen Patienten gegenübertrete. Ich darf während einer Operation niemals das Gefühl haben, jemand sei in irgendeiner Weise ein Ausnahmepatient. Jeder muss ein einfacher Irgendjemand für mich sein.«

Beim Verlassen der Mansarde fiel dein Blick auf eine in Leder gebundene Ausgabe von Dantes »Inferno«, die nahe der Tür auf einem Klappstuhl lag. Als wir die Fahrt zurück in die Stadt antraten, du und ich, hattest du das deutliche Gefühl in der Brust, uns beide aus größter Lebensgefahr errettet zu haben. Am nächsten Morgen riefst du das Sekretariat von Professor Dantzig an, behauptetest, der bevorstehenden Operation seelisch nicht gewachsen zu sein, sie absagen zu müssen. Du würdest dich, versprachst du, im folgenden Jahr melden, um einen neuen Termin festzulegen. Madame Umbrini war entsetzt: »Tun Sie das nicht, um Gottes Willen, Professor Dantzig ist enorm beschäftigt. Er hat Ihnen diesen Stichtag eingeräumt, da Ihre Erkrankung rasch akut und mithin äußerst gefährlich werden kann. Sie dürfen dieses Datum nicht so leichfertig verschieben. Bitte überlegen Sie sich die Sache noch einmal. Rufen Sie mich unbedingt morgen zurück. Ich verlasse mich auf Sie!«

– Ein Glück, dass es kein Gesetz gibt, Operationstermine einzuhalten!
– Stelle dir vor, wie das wäre, mein Herz: Zwei Männer in Zivil kämen einen am Morgen des festgelegten Datums abholen, um vier Uhr früh, legten einem Handschellen, nein, sicherheitshalber eine Zwangsjacke an.
– Und ketteten dich auf den Operationstisch, jagten dir das Anästhestikum in die Venen.
– Danach käme der Professor mit seinem Team und säbelte dich auf ...

Catherine war außer sich, dass du Dantzig abgesagt hattest: »Alexander ist ein Verrückter. Ich weiß doch, warum ich kaum Kontakt zu ihm halte. Er hat immer Chaos gesät in meinem Leben, seit der Kindheit, seit dem Tod unseres Vaters. Ich habe alle Verpflichtungen der nächsten Wochen abgesagt, um bei dir sein zu können – und du verschiebst einfach den Termin?«

8.

Den ursprünglich mit Dantzig verabredeten Tag verbrachtest du wie in Trance, wie ein Träumender. An jenem Mittwoch durch die Stadt zu wandern und zu denken: Das wäre der Moment gewesen. Jetzt wärest du bereits anästhesiert. Jetzt würde das Skalpell deine Brust aufschneiden, mich nach und nach freilegen. Du aber spaziertest das Seine-Ufer entlang und ließest den kalten Wind durch dein Haar wehen. Du warst zwei Max Davids an jenem Tag: jener, der durch Paris schwebte, und jener, der operiert wurde. Jener, der durch Paris schwebte, glaubte auf der Höhe von Notre-Dame, am rechten Ufer der Seine, seine heimliche Geliebte Norah zu erblicken. Du liefst auf sie zu, riefst »Norah! Norah! I can't believe it!« Eine sehr alte Dame ging in ihren Arm eingehakt. Jetzt standest du neben ihnen. Sie sahen dich unverwandt an. Du hast auf ein Begrüßungswort gewartet, zögertest noch, Norah stürmisch zu umarmen. »I think you got the wrong gal«, ließ sich die Greisin vernehmen. »This is Karen!«
Auch Karen kam aus Schottland, und sie kannte sogar die Ortschaft Peterhead, aus der Norah stammte.
Ihre Urgroßmutter wollte noch einmal in ihrem Leben Paris sehen. Sie war hundertdrei Jahre alt. Hazel Homer war in bes-

ter Verfassung, selbst die Kälte störte sich nicht, sie trug einen uralten Ozelotmantel. Als Hundertjährige habe sie sich einer Herzoperation unterzogen, erzählte sie. Sie konnte ja nicht ahnen, wie sehr ihre Worte dich bewegten. »Seither geht es mir blendend. Blendend. Ich kann nur jedem raten: Lassen Sie sich operieren. Ich habe mir einen Schrittmacher einsetzen lassen, obwohl mir alle Ärzte davon abrieten. Hören Sie nie auf Ärzte! Wenn ich Ihnen etwas auf den Lebensweg mitgeben darf, Sie sind ja noch jung: Ärzte sind Scharlatane. Denn sie wissen nicht, was sie tun. Eine der ganz wenigen Ausnahmen: mein Chirurg! Die anderen wollten mich alle einfach sterben lassen! Unerhört.«

Und dann trippelten sie weiter, Hazel Homer und ihre Urenkelin. Karen drehte sich noch einmal zu dir um, rief mit hoher Stimme: »It was nice meeting you. So sorry I'm not the one you thought I was!«

Herz-Schneider

1.

Beklommen, benommen, wenn auch ruhiger als im Monat vor dem ersten Termin, nahmst du Abschied von der Welt, ähnlich wie in früheren Jahren vor jeder noch so kurzen Flugreise. Abschied von den Frauen, auch von jenen, denen du nun nicht mehr begegnen, die du niemals kennen lernen würdest. Wie schade, dachtest du, »Teitelbaum's Nightmare« nicht abgeschlossen zu haben. Am Morgen, an dem du in die Klinik gefahren bist, hast du dein Testament verfasst: »Im Falle eines Falles: Alles (nebbich!), was ich besitze, gehört Catherine, Margret und Melissa. Ich bestehe darauf, dass ihr, Kinder, euer Studium fortsetzt und abschließt wie geplant. Ich bestehe darauf, dass ihr nicht weint!« Du schobst das Blatt in ein Kuvert, legtest es in deinem Arbeitsraum gut sichtbar auf den Schreibtisch.

Du hast deinen kleinen Koffer mit den Büchern, dem Radioapparat und der frischen Wäsche gepackt und um sieben Uhr morgens die Wohnung verlassen, bist mit der Stadtbahn nach Nanterre gefahren. Catherine schlief tief, als du fortgingst. Sie war drei Tage zuvor aus Argentinien zurückgekehrt und hatte sich bei der Ankunft auf dem Flughafen den Fuß so unglücklich verstaucht, dass sie kaum mehr auftreten konnte. Wochenlang musste sie einen hohen, steifen Stützverband tragen.

In der Klinik ließ man dich auf das Zimmer warten, wie in einem Hotel, in dem Gäste zu spät auschecken und die Stubenmädchen noch nicht aufgeräumt haben. In der Tageszeitung *Libération* die Nachricht: Wie erst jetzt bekannt wurde, ist die

Schauspielerin Solveig Dommartin an einem Herzinfarkt gestorben, eine Woche zuvor. Neben dir saß eine griesgrämige ältere Dame. Auch sie wartete auf ihr Zimmer. »Meine gesamte Verwandtschaft hat Herzprobleme«, knurrte sie, sie selbst benötige plötzlich zwei Bypässe. »So ein Ärger! Alles in Ordnung und mit einem Mal Herzschwäche, über Nacht. Meine verdammten Gene.«
»Wann werden Sie operiert?«, wolltest du wissen. Am selben Tag wie wir!
»Von wem?«
»Von Silvio Briol ...« Sofort dein Gedanke: Briol operiert nicht nur uns an diesem Tag? Hoffentlich operiert er uns zuerst! Oder nein, im Gegenteil, vielleicht sei es besser für dich und mich, viel besser, er gerate durch eine andere Operation in Schwung und öffne dann erst deinen Brustkorb?
Chambre 306, ein Einzelzimmer – ein kleiner Raum mit zwei Fenstern, sehr hell, der Blick ging auf ein Dutzend hoher Pappeln und einen Parkplatz, dahinter Neubauten. Man brachte ein schmales Armband an deinem rechten Handgelenk an, die Kennungsmarke: Villanders, Max David, C3, Clinique Nanterre. So ließ sich der Leichnam einfacher identifizieren.
Am nächsten Morgen um sechs kam Samira, eine anmutige algerische Krankenschwester zu dir. Aus hygienischen Gründen müsse sie dein Schamhaar entfernen. »Kann ich das nicht selber machen? Oder ein männlicher Pfleger?« Sie lachte, summte: »Non, Monsieur, c'est moi qui le fait!«

– Das musst du nicht so genau beschreiben ...
– Das wird Farah interessieren. Dass du dich vor Samira geniert hast ...
– Vor allem, als sie mit dem elektrischen Rasiergerät den Hodensack zu bearbeiten begann. Ich nahm die Schwanzspitze

in die Hand, deckte sie mit den Fingerspitzen zu, damit Samira sie nicht sehen konnte. Versteckte wenigstens die Spitze vor ihr!
– Und als sie fertig war, sagte sie: Merci! Als hättest du ihr einen Gefallen getan.

Margret und Melissa waren nach Paris gekommen, um ihrer Mutter beizustehen. Am Tag vor der Operation begleiteten sie Catherine, die keinen Schritt mehr machen konnte, ohne vor Schmerzen aufzustöhnen. Sie saßen in deinem Zimmer, hielten dir die Hände, sprachen dir Mut zu. Melissa, im zweiten Jahr ihres Medizinstudiums, dozierte: »Deine präoperative Ängstlichkeit verstehe ich gut, Daddy, und ich bestärke dich, sie auszuleben.« Du bliebst stumm. Wurdest klamm. Margret lächelte dir zu, zwinkerte mit dem linken Auge, euer Geheimzeichen seit ihrer Kleinkinderzeit, sich keine Sorgen machen zu müssen. Sie sagte zum Abschied: »Ich bin sicher, dass alles gut gehen wird. Weißt du warum? Weil ich keine Angst habe!« Du bliebst einen Augenblick mit Catherine allein. Sie küsste dir die Stirne, ganz schwesterlich, presste deine Hände und flüsterte: »See you very soon!«
Dir war sehr mulmig zumute, als die drei fortgingen und es langsam dunkel wurde über der Stadt und ihren Vororten. Über einem Land, in dem du ein Immerfremder, ein im Grunde Ausgesetzter geblieben bist und immer bleiben wirst.

2.

Am Morgen der Operation, ein Dienstag Ende Februar (wie seltsam: Auch die erste fand an einem Dienstag statt), weckte man dich um halb sechs Uhr früh. Samira und ihre schmächtige Kollegin Ludmilla aus Odessa rasierten dir mit batteriebetriebenen Apparaten jedes noch so winzige Körperhärchen ab, an den Armen, Beinen, unter den Achselhöhlen, auf der Brust. Allein das Kopfhaar blieb unangetastet. Samira stand links, Ludmilla rechts von dir, und sie arbeiteten im Takt, in einer Art Ebenmaß, gleichsam spiegelbildlich.
Du warst seit dem Vorabend nüchtern. Deine tiefste Angst: eine Wiederholung der katastrophalen Narkose erleben zu müssen, die nicht zu wirken begann, vierunddreißig Jahre zuvor. Um sieben wurde das Bett aus dem Zimmer gerollt. Die Fahrt zum Schafott. Mit dem Aufzug in den vierten Stock. Bloc Opératoire: Worte wie Damoklesschwerter.

– Der Empfang dort oben verlief allerdings unerwartet ...
– Du meinst den Anästhesisten?
– Ein seltsam fröhlicher Mensch mit weißer, wollener Skimütze. Er stellte sich vor: Giovanni. Ich wollte ihm von dem grauenhaften Ereignis vor Jahrzehnten erzählen. Er ließ es nicht zu.

Er hob dich mithilfe eines Assistenten auf den Operationstisch, schob dich unter große, noch abgeschaltete Leuchtkörper, forderte dich auf, dich aufzusetzen, tief durchzuatmen, dich so weit vorzubeugen, wie du nur konntest, er werde dir in den untersten Wirbel des Rückgrats eine Injektion verpassen. Du spürtest den Einstich, bienenstichähnlich. Hörtest noch Giovannis Bemerkung: »Wichtig sind mir einzig und allein Ihr Blutdruck, Ihr Puls und die Nummer Ihrer Kreditkarte.« Du bist nach hinten gesunken, er fing dich sacht auf, du sahst zu den nun eingeschalteten Scheinwerfern auf ... fliegende Untertassen ... fünf Kilometer Durchmesser?

    3.

Gleißende Helle auf meinen Zellen, auf meinen Wölbungen, als dein Brustkorb aufgeschnitten wurde. Zum zweiten Mal in meinem Leben erblickte ich Licht; es blendete mich weniger als beim ersten Mal. An die Herz-Lungen-Maschine angeschlossen zu werden erschreckte mich kaum. Alles verlief rasch, leicht, konzentriert. Briol öffnete mich wie eine Frucht. Rief seiner Assistentenschar »Wundspreizer!«, »Skalpell!«, »Schere!«, »Pinzette!«, »Klemme!«, »Zange!«, »Watte!« zu. Er berührte mich weit sanfter als Liehm. Zur Mitralklappe vorgedrungen, stellte er fest: Die Sehnenfäden hingen allesamt schlaff, funktionsuntüchtig herab, wie gekappte Segelstricke. Es gelang dem Herzschneider, sie zu reparieren, zu verstärken, zu nähen, die Klappe abschließend mit einem Kunststoffring zu versehen. Ein kleines Objekt, Dantzig-Ring genannt, Adam Dantzig hat diese Reparaturmethode für Mitralklappen erfunden: Herzchirurgen in aller Welt bedienen sich seines Patents, in Tausenden Operationen. Nun trage also auch ich einen Dantzig-Ring in meinem innersten Inneren. Millionen Hautzellen werden ihn im Verlauf der nächsten Monate, der nächsten Jahre mit mir verschmelzen lassen.

– Nie war ich euphorischer als in den Stunden nach dieser, deiner zweiten Operation.
– Deine Hochstimmung sollte bald neuer Sorge weichen.

In der ersten Nacht nach der Operation fingen die Schmerzen an. Bis zum Morgengrauen begleitete dich, im Halbschlaf, das Gefühl, das postoperative Martyrium zahlreicher Patienten in deiner Brust zu vereinen. Jeder Atemzug vergrößerte die Pein. Das Quietschen einer automatischen Tür im Erdgeschoß sägte an deinen Nerven, ein-, zwei-, dreimal in jeder Minute, bei jedem Öffnen und Schließen. Ein Aufkrächzen und -kreischen, als reibe ein verrosteter Traktor gegen die Flanke eines ausrangierten Lastwagens. »Die Eingangstür muss geölt werden! Bitte ölen Sie sofort die Eingangstür!«, riefst du Ärzten, Schwestern zu. Nichts geschah, gar nichts. Das Kreischen, das Quietschen des Höllentors. Nächtelang. Tagelang. Nächtelang.

– Am zweiten Tag nach dem Eingriff legte ich die Hand auf meine Brust, um dein Klopfen zu erfühlen. Du schlugst hüpfend, stolpernd, wie Zeitlupenschluckauf. Nach Operationen dieser Art kämen Rhythmusstörungen mitunter vor, erklärte man dir; sie ließen sich nach ein bis zwei Monaten mithilfe eines Elektroschocks korrigieren.
– Die Ärzte standen während ihrer Visiten kaum länger als eine Minute im Raum, Zugschaffnern ähnlich, die nach der Fahrscheinkontrolle rasch zum nächsten Reisenden weitergehen.
– Briol kam allerdings täglich zu dir, blieb lange im Zimmer sitzen, oder lehnte gegen eine Mauer. Er maß den Rhythmusstörungen keine große Bedeutung bei, sie seien leicht in den Griff zu bekommen. Du glaubtest ihm.
– Catherine tat mir leid. Es ging ihr, kam mir vor, schlechter als mir. Sie war am Ende ihrer Kräfte. Ich hatte sie in den Jahrzehnten unserer Nähe nie in einem ähnlichen Zustand erlebt. Unter Catherines Augen tauchten erstmals Fältchen auf. Sie

sah blass, durchsichtig aus. Der Mitleidende leidet im Grunde mehr als der Leidende.

Am Vorabend unserer Entlassung aus der Klinik lehnte Briol wie so oft im Türrahmen. »Ich habe im Verlauf der letzten Woche Recherchen angestellt«, sagte er. »Ein Gefühl, das ich hatte, als Sie das erste Mal bei mir waren und die Zeichnung von Rachel Rothenstein sahen, hat sich bestätigt: Wir haben nicht nur gemeinsame Freunde, außer Alexander auch noch Dorothy, Megan, William und Judith, sondern wir sind auch über zwei Ecken verwandt: Der Cousin Ihres Vaters, aus Caracas, war in erster Ehe mit meiner Tante zweiten Grades Esther Montes verheiratet. Deren einziger Sohn, Paul, ein Dentist in Baltimore, ist demnach unser Cousin dritten Grades. Ich glaube, wir können Du zueinander sagen.«
Du hörtest von Paul zuletzt in der Kindheit, hattest ihn nie kennen gelernt. Du drücktest Silvio, des Herzens Schneider, zwar nicht mit Vehemenz gegen deine Brust, das hätte zu große Schmerzen verursacht. Aber du hieltst unseren Cousin dritten Grades sehr fest. So fest du es unter diesen Umständen vermochtest.

4.

– Unsere Verabredung! Wie konntest du sie vergessen?
– Ich? Wieso ich?
– Montag, später Nachmittag!
– Das tut mir wirklich sehr Leid.
– Sieh sofort nach, ob sie eine Nachricht hinterlassen hat.
– Nichts. Du hättest mich erinnern sollen.
– Ich habe wenigstens daran gedacht!

– Die Arbeit war uns eben wichtiger.
– Dir wichtiger! Rufe an. Entschuldige dich ...
– Keine Antwort.
– Sie ist uns böse. Hinterlasse eine Nachricht!
»Ma très chère Farah. Je suis désolé: j'ai complètement oublié notre rendez-vous de cet après-midi. Pouvez-vous me pardonner? Quand est-ce qu'on peut se revoir?«
– Ich ärgere mich so sehr über dich!
– Habe ich mich nicht bei dir entschuldigt, mein Herz ...?
– Erzähle du weiter. Ich bin viel zu unglücklich, im Moment.

5.

Drei Wochen Aufenthalt in der Klinik von Nanterre. Danach kehrte ich nach Hause zurück: zu Catherine, deren Fuß nicht genesen war, zu den Katzen, die mich allergisch machen, zu meinem Schreibtisch, der mich bedrückt und beglückt. Dein Rhythmus blieb nach der Entlassung aus dem Spital uneben, dein Hüpfpuls quälte mich. Ich hatte den Eindruck, die Operation sei sinnlos gewesen. Stellte mich nackt vor den Spiegel, betrachtete die noch tiefrote, vertikale Operationsnarbe, wie sie die alte, horizontale kreuzte; die beiden Kainszeichen trafen sich, berührten einander, brandmarkten mich als Hinfälligen, als Versehrten. Dabei ging es mir – verglichen mit anderen Menschen – im Grunde gut. Verglichen mit unheilbar Kranken, Schwerstverwundeten. Wie viel härtere, katastrophale Krankengeschichten gab es als meine. Jahrelang reglos in der Hautabteilung einer Klinik liegen zu müssen, nachdem einem eine Explosion grausamste Verbrennungen zugefügt hatte. Oder der Fall jenes Texaners, von einem Virus in seinem Gehirn befallen: Er konnte sich von der Überzeugung nicht

befreien, bereits verstorben zu sein. Ich bin, dachte ich, nackt vor dem Spiegel, im Vergleich zu anderen ein Glückskind.
Die Tage vergingen tatenlos. Trat ich aus dem Haus, fielen mir die Gesunden auf – und nur sie: in der Metro, in den Bussen, auf den Straßen, in Museen, Geschäften, auf Bahnhöfen. Gesunde, so weit das Auge reicht, bloß ich selbst war krank. Ich fühlte mich schwach, weit schwächer als nach der ersten Operation. Alle paar Minuten legte ich meine Finger auf das Handgelenk, um deinen Puls zu fühlen. Zitterte absichtlich mit den Beinen, dem linken vor allem, oft mit beiden zugleich, im Sitzen, im Stehen und Liegen, um dein Flattern zuzudecken, zu überspielen, es nicht mehr spüren zu müssen.
Zwei Monate später unterzog ich mich in einem düsteren Keller der Elektroschock-Therapie, die das Vorhofflimmern beenden sollte. Ein Folterkabinett? Welches Jahr schrieb man? Der Rhythmologe, Monsieur Donnadieu, sah dem Stummfilm-Irren Doktor Caligari ungemein ähnlich. Verabreichte grinsend eine Vollnarkose. Gezielte, starke Stromschläge wurden über Elektroden auf den Brustbereich gelenkt, durch die Brustdecke schossen Impulse in deine Richtung. Caligari wiederholte den Vorgang viermal, fünfmal. Nach zehn Minuten erwachte ich aus der Betäubung.

– Mein Takt normalisierte sich!
– Du schlugst zum ersten Mal seit Monaten im Sinusrhythmus. Dein Versmaß wurde harmonisch.
– Mein Versmaß?
– Der Takt, in dem du schlugst.
– Ich bin Poet?
– Du bist mein Dichter, unbedingt.
– Du willst mir nur schöntun, mich vom versäumten Rendezvous ablenken.

6.

Nach dem Elektroschock fühltest du dich augenblicklich fiebrig. Bevor du Caligaris Kabinett verlassen hast, wurden dir Blutproben entnommen. Du warst kraftlos. Mutlos. Endlich stimmte mein Rhythmus, du aber spürtest: Etwas nagte an unserer Substanz. Nach Hause zurückgekehrt, hast du deine Temperatur gemessen, sie war deutlich erhöht.

Trotz der anhaltenden Schwächezustände hattest du Flüge nach Sevilla besorgt, hinter Catherines Rücken, einem ihrer Herzensorte auf der Welt. Du wolltest das Ende der schweren Zeiten mit ihr festlich begehen. Ihr fuhrt zum Flughafen, die Überraschung war dir perfekt geglückt. Du fühltest dich miserabel, ließest dir nichts anmerken. Nach dem Einchecken, ihr seid in der luftigen First-Class-Lounge gesessen, Catherine besitzt dank ihrer häufigen Langstreckenreisen eine Platinum-Miles-Card, erhieltest du einen Anruf von Briol.

»Max, deine Blutwerte sind äußerst beunruhigend. Du trägst offenbar eine gefährliche Infektion mit dir herum; ich verstehe nicht, woher sie plötzlich kommt. Das Wiederaufflammen einer alten Erkrankung? Ich übertreibe nicht: Meine Reparatur der Mitralklappe ist in Gefahr. Was im Vorjahr zu deiner Herzentzündung geführt hat, könnte dir jetzt erneut passieren ...«

Du erklärtest ihm, wo ihr euch befandet, sagtest: »Silvio, unsere Maschine startet in fünfundvierzig Minuten.« Er glaubte dir nicht.

»Wenn du dich nicht sofort mit höchsten Dosen Antibiotika behandeln lässt«, beharrte Briol, »würde die von mir reparierte Stelle von Bazillenheeren angenagt und zerfressen werden. Es bleibt keine andere Wahl: Du setzt dich sofort in ein Taxi und kommst nach Nanterre.«

Du wolltest die Reise auf keinen Fall absagen, selten zuvor habe ich dich so verzweifelt erlebt.

– Ich konnte das Catherine doch nicht antun? Nach allem, was wir durchgemacht hatten, sie und ich. Sie sah mich panisch an.
– »Du spielst Vabanque mit deinem Leben!«, rief Briol. Du hörtest nicht auf ihn.
– Catherine brach in Tränen aus. »Ich kann nicht mehr«, stöhnte sie. »Ich kann nicht mehr!«

Ihr standet am Gate, vor dem Einstieg in den Bus, der euch zum Flugzeug bringen sollte. In euren Rücken laute Rufe: »Moment! Max! Warte! Max!« Briol war mit seiner Moto Guzzi zum Flughafen gerast. Befahl dir, mitzukommen, sofort, auf der Stelle, ohne Diskussion, trug Catherine auf, sich um die Rückgabe des Gepäcks zu kümmern, sollte sie nicht allein nach Spanien fliegen wollen. Sobald alles erledigt sei, könne sie ja nach Nanterre nachkommen. Silvio legte den Arm fest um deine Schulter und lenkte dich – wie einst Mom auf dem Salzburger Fußballplatz – bereits in Richtung Ausgang. Er hatte das schwere Motorrad im Parkverbot abgestellt. Catherine schrie euch nach: »Er kann doch nicht mit Ihnen fahren, in seinem Zustand, sind Sie verrückt geworden? Er wird sich eine Lungenentzündung holen!« Briol reichte dir einen Helm, befahl dir, hinten aufzusteigen.
Du warst nicht einmal in der Jugend – womöglich kein einziges Mal in deinem Leben – auf einem Motorrad gesessen. Der Fahrtwind raubte dir den Atem. Wenn Mom das gewusst hätte! Davor hatte sie immer die allergrößte Angst, solange sie lebte; du auf einem Motorrad! Eine halbe Stunde später lagst du in einem Bett der Klinik, eine Antibiotika-Infusion

im Arm. Ich schlug endlich, endlich regelmäßig – du jedoch warst wieder schwer krank. Zwölf Tage lang wurdest du rund um die Uhr intravenös behandelt, bis die rätselhafte Entzündung endlich abgeklungen war.

Catherine aber war allein nach Sevilla geflogen, genoss eine Woche der Ruhe, sie war selig, deiner Nähe entkommen zu sein.

– Seither lebe ich in der Angst vor einer neuen Infektion, neuen Rhythmusstörungen.
– Du bist seit Monaten gesund.
– Kein sehr großer Zeitraum. Ich bin und bleibe dir ausgeliefert. Dieses Gefühl des Ausgeliefertseins: äußerst erniedrigend.
– Ich wiederum bin dir und deinen Organen ausgeliefert. Deinem Gedärm. Deiner Leber, deinen Nieren, deinen Lungen.
– Kein Organ ist so launenhaft wie du. Launenhaft wie eine Frau ...
– Wenn ich launenhaft bin, was bist dann du?
– Mitunter ebenfalls launenhaft. Deinetwegen. Du steuerst meinen Mut. Du steuerst meinen Unmut.
– Du bist und bleibst gesund. Jahrzehnte des Wohlergehens liegen vor dir.
– Nichts verschreien! Um Gottes Willen! Ich klopfe auf Holz. Ohne Unterlass klopfe ich auf Holz. Fragt man mich: Wie geht es Ihnen, wie fühlen Sie sich, klopfe ich auch schon auf Holz. Ein Tick: immerwährendes, unbedingtes Holzklopfen. Als ob mich das beschützen könnte! Dabei ist das Holzklopfen ein Akt des Christentums, man denkt dabei an jenes Holz, an das Jesus genagelt wurde. Sein Todesholz soll einem Juden Glück bringen?
– Dein Holzklopfen beschützt uns. Ich spüre es. Ich habe

mich seit langer Zeit nicht so wohl, nicht so kräftig gefühlt. Ich funktioniere wie ein Glöckerl.

– Nichts verschreien, mein Herz! Nur nichts verschreien! Ich klopfe auf Holz.

– Klopfe nur, klopfe.

– Die Heilung hat begonnen. Ich lege, immer noch recht ungläubig, die rechte Hand auf meine Brust, beim Aufwachen in der Früh, beim Wachliegen in der Nacht, und taste nach deinem Klopfen. Und spüre nichts. Oder ich lege die Arme überkreuz, über der Brust, wie ein Pharao in seiner Grabkammer, die Fingerspitzen der rechten Hand berühren die Brusthaut, tasten da nach deinem Klopfrhythmus – und finden ihn nicht. Oder kaum.

– Auch ich spüre Ruhe. Ich atme Stille. Ein sanftes, regelmäßiges Ticken, nein, kein Ticken, eher das kaum wahrnehmbare Summen einer elektrischen Uhr. Wie das daunenweiche Schwingen von Engelsflügeln.

– Ich liege da und kann an mein Glück nicht ganz glauben: kein Holpern und kein Stolpern. Keine Ängstlichkeit mehr im Brustkorb zu empfinden, dieses Nagen, das einem Wundgefühl glich. Mein Eindruck, dein Pochen komme aus einem tiefen Schacht und werde von diesem Hohlraum verstärkt, verdoppelt, verdreifacht. Nichts mehr von alledem. Stille. Regelmäßigkeit. Glücksgefühl. Selbst die beiden Narben, die sich kreuzen, sehen edel aus, mitnichten hässlich.

– Du solltest jedem Mann und jeder Frau, die sich vor großen Eingriffen fürchten, zurufen: Lassen Sie sich operieren!

– Denken Sie an Hazel Homer, die Hundertdreijährige!

– Sie werden sich wie verwandelt fühlen, neugeboren, ich verspreche es Ihnen.

– Im Rückblick auf die Jahre vor dem zweiten Eingriff erkenne ich, wie schlecht es mir ging, wie schwach ich mich

fühlte, wie mitgenommen ich war, bevor Silvio Briol in mein Leben eingriff und es für immer veränderte.
– Nach deiner zweiten Entlassung aus der Klinik Nanterre gelang es dir, »Teitelbaum's Nightmare« abzuschließen.
– Das Stück wurde vor kurzem vom Berliner Ensemble, dem Theater am Schiffbauerdamm, angenommen. Die Uraufführung ist für den Herbst nächsten Jahres vorgesehen. Wie die Wahrsagerin in Brooklyn es mir prophezeit hat. Ich wollte nicht in ihre kleine Kammer treten, an der Flatbush Avenue.
– Du wolltest die fünf Dollar nicht ausgeben!
– Wie froh war ich dann, ihr nachgegeben zu haben. Drei Dinge las sie aus meiner Hand, sechs Wochen nach meiner Genesung: Sollten Sie jemals wieder krank werden, so ist das allein Ihre Schuld. Eine große Arbeit, die Sie abgeschlossen haben, wird erfolgreich sein. In Kürze werden Sie sich überraschend verlieben.
– Drei Wochen später tauchte Farah zum ersten Mal bei dir auf.
– Fünf Wochen sind seit jenem Tag vergangen, an dem du, mein Herz, dich in die neue Postbotin verliebtest. Hier schließt sich der Kreis.
– Ich mich verliebt? Du hast dich verliebt!
– Wir … haben uns verliebt …

Die Einladung

1.

Silvio Briol besitzt keinen Computer, daher auch keine elektronische Adresse. Er schreibt Briefe, Ansichtskarten, wie in alten Zeiten. Im Postkasten liegt, von Farah ausgetragen, eine Schwarzweißaufnahme meiner Pariser Lieblingsbrücke, der Pont Neuf. »Cher Cousin«, steht auf der Rückseite zu lesen, die kleine Schrift ist nicht leicht zu entziffern, »möchtest Du mir bei einer ähnlichen Operation zusehen, wie Du sie selbst durchgemacht hast? Wenn ja, komme nächsten Donnerstag. Der Ort ist Dir bekannt. Gib mir Bescheid!«

– Das wirst du doch nicht tun?
– Warum nicht?
– Erstens würdest du in Ohnmacht fallen ...
– Das mag sein – und zweitens?
– Weil ich es als Kränkung empfände.
– Wie bitte ...?
– Ich stehe im Mittelpunkt. Niemals das Herz eines anderen.
– Ich wäre neugierig, bei so einer Operation dabei sein zu dürfen.
– Du warst zweimal dabei. Reicht dir das nicht?
– Ich war bewusstlos, wie du dich vielleicht erinnern wirst ...
– Wenn du nicht spürst, dass sich das mir gegenüber nicht schickt ... Du demütigst mich. So unsensibel darf ein Mann nicht sein.
– Ich verstehe deinen Protest wirklich nicht.
– Du tust ohnehin das, was du willst.
– Meist das, was du willst!

– Selten.
– Oft.
– Ich warne dich: Solltest du zusagen, unterbreche ich den Dialog auf unbestimmte Zeit.
– Wieder einmal. Zur Abwechslung ...
– ... und stürze dich in eine Arhythmie ...!
– Wie gesagt: Damit kannst du mir Gott sei Dank keine Angst mehr machen.
– Let's wait and see ...

2.

Ich trage einen grasgrünen Papiermantel, auch die Kopfbedeckung ist aus grasgrünem Papier. Die Schuhe stecken in durchsichtigen Plastikhüllen. Briol stellt mich seinem Team vor – drei männlichen Assistenten, Giovanni, dem Anästhesisten mit der weißen Wollmütze, sowie einer Ärztin, die für die Herz-Lungen-Maschine zuständig ist. Der Saal ist in gleißendes Licht getaucht. Es ist kühl hier, die Klimaanlagenluft wirkt um vieles reiner als die Luft auf der Straße. Briol steht in einem Vorraum des Operationssaales und wäscht sich die Hände, verteilt den üppigen Seifenschaum bis hinauf zu den Ellenbogen. Er wäscht und wäscht sich, trocknet sich sorgfältig ab, legt mikromillimeterdünne Latexhandschuhe an.
Der Patient ist bereits narkotisiert, als er in den Saal gerollt wird.
Ich sehe sein Gesicht nicht. Es ist von Gazeschleiern bedeckt.
Er ist nackt. Sein großer Schwanz fällt mir auf.
»So alt wie ich: zweiundsechzig«, raunt Briol mir zu.
Stand auch während meiner Operation ein Fremder, eine

Fremde, von Briol eingeladen, neben mir und wohnte meiner Operation bei?

Der Mann wird von Kopf bis Fuß mit Desinfektionsmittel eingerieben. Ein Assistent, der ihn mit Jod bestreicht, pfeift eine Schlagermelodie.

Im kühlen Hintergrund spielt ein Radio leise Oldies.

Der Mann wird mit Tüchern und Plastikplanen zugedeckt, ganz eingewickelt, vom ergrauten Haaransatz bis zu den Zehen. Nichts als ein schmaler Streifen in der Brustmitte bleibt offen.

Gelächter, viel Gelächter rund um den Körper. Worum kreisen die Gespräche? Ich verstehe nicht: Spycatcher? Ein Thriller? Ein Sachbuch? Ein Film?

Der Schnitt ins Fleisch, in der Brustmitte, mithilfe eines Skalpells, rasch, präzise. Kaum Blut.

Danach das Kreischen einer kleinen Elektrosäge. Der Brustkorb wird aufgesägt, aufgemeißelt.

Der Geruch, der Gestank nach verbranntem Fleisch.

Jetzt quillt doch Blut hervor, viel Blut.

Die Rippen sind durchtrennt. Mit Metallklammern wird der Brustkorb auseinandergezerrt. Eine Öffnung entsteht, groß und breit wie ein Schulheft.

Die Rippenenden sehen aus wie die Rippenspitzen der Lamm-, Schweine- und Rindstücke, wie sie beim Fleischhauer hängen. Die zerschnittenen Knochen, das Mark, die karmesinrote Farbe. Nie wieder werde ich Fleisch essen können oder wollen, denke ich da, so lange ich lebe.

Und ich sehe das pumpende, rasch hin und her wackelnde Herz eines mir unbekannten Mannes. Oder bilde ich mir das alles nur ein?

Die Aorta wird abgeklemmt.

Das Herz stillgelegt.

Es hört zu schlagen auf.
Es gleicht einer Puddingmasse, gallertartig. Es sieht eher gelblich als rot aus. Es ist doppelt so groß, wie Herzen in meiner Vorstellung aussehen.
Ich flüstere: »Er hat ein viel zu großes Herz, Silvio, nein?«
»Wie deines, Max. Ganz normal.«
Die Herz-Lungen-Maschine hat den Kreislauf übernommen.
Das Blut des Mannes, alle sechs Liter seines Blutes, fließen jetzt außerhalb seines Körpers.
Das gelbliche, stillgelegte Herz des Unbekannten ist groß wie eine Pomelosfrucht.
Ein breiter grau-bläulicher Lungenflügel schiebt sich in die Öffnung, wird von den Ärzten beiseite gedrückt, wie das Segel eines Spielzeugschiffchens.
Die tischgroßen Scheinwerfer leuchten die Brustöffnung aus.
Sie gleicht einer Baustelle. Einer Grube, in der die Hände der Männer verschwinden. Die Baustelle hat etwas von einem offenen Grab, bevor man den Sarg hinabsenkt.
Die Männer tragen Vergrößerungsbrillen.
Sie arbeiten mit dreißig kleinen Scheren, die in der Mehrzahl pinzettenähnlich aussehen.
Das Handy eines Assistenten läutet. Der junge Mann lauscht einer keifenden Frauenstimme. »Appelle la banque!«, zischt er zurück. Ende des Gesprächs.
Briol sagt: »Gestern, mit dem anderen Team, fand ich meinen Rhythmus nicht. Der Eingriff dauerte vier Stunden.« An mich gerichtet: »Das Wichtigste bei einer Operation ist der richtige Rhythmus. Fehlt der Rhythmus, findet man ihn selten wieder.« Zur Assistentenschar: »Noch dazu hatte Edwige gestern dauernd Schluckauf. Machte mich rasend. Man kann einem Menschen ja keinen Vorwurf machen, dass er Schluckauf hat. Sie reichte mir die völlig falsche Pinzette. Das war

meine Chance: Ich fuhr sie an. Ihr Schluckauf hörte sofort auf! Daraufhin verbesserte sich auch mein Rhythmus.« Ob ein Kollege seine Sache gut mache, das erkenne er schon von weitem, sogar vom Korridor aus. Man sehe es an der Körperhaltung des Chirurgen: der Rücken nur ein wenig gebeugt, der Kopf aufrecht, die Arme locker, sie bewegen sich kaum; er steht auf festen Beinen, wie ein Seemann.

Jetzt öffnet Briol, Herzens-Schneider, das Herz mit einem sehr kleinen Skalpell.

Er findet rasch zur Mitralklappe. Wie groß die Klappe ist! Weiß? Fast weiß? Sie sieht aus wie eine Meeresfrucht. Tintenfischartig. Oder wie das Innere einer Riesengarnele?

Das aufgeschnittene Herz wird mithilfe zweier kleiner Gabeln weit offen gehalten.

Briol schnipselt an der weiß schimmernden Klappe herum, schneidet schließlich ein ganzes Stück von ihren Rändern ab.

Ein Ring aus Kunststoff, der an einem Dutzend Fäden hängt, wird in die Klappe eingesetzt, eingenäht. Bastelarbeit. Näharbeit. Mit Nähnadel und Faden. Das minutenlange Nähen gleicht in der Tat der Arbeit eines Schneiders. So arbeitet auch Mahdi, der alte Perser an meiner Straßenecke, wenn ich ihm eine Hose, ein Jackett, einen Mantel in die Änderungsstube trage.

Während Briol das Tintenfischfleisch mit dem weißen Dantzig-Ring vernäht, spricht er zur Equipe vom Staatsbesuch des Revolutionsführers Muammar al-Gaddafi, belächelt dessen Entscheidung, keineswegs im Elyséepalast nächtigen zu wollen, sondern sein Beduinenzelt im Garten der Präsidenten-Residenz aufzuschlagen.

Der Ring sitzt fest, umklammert die Mitralklappe. Die reparierte Klappe sieht jetzt wie ein kleines Mardergebiss aus.

Die beiden Mini-Gabeln werden entfernt, das offene Herz schließt sich – ganz von allein. Die Schnittstellen werden zusammenwachsen, im Verlauf der nächsten Wochen.
Ein Assistent rührt die Herzmasse um, wie Brei. Rührt und rührt. Hat man das auch mit dir getan, mein Herz? Er knetet es, drückt es. Für Augenblicke sieht das Männerherz wie ein Luftballon aus, dessen eine Hälfte mit Luft vollgepumpt ist, während die andere luftleer bleibt.
Es steht still. Soll es jetzt noch stillstehen? Keiner der Anwesenden scheint beunruhigt.
Briol führt ein löffelförmiges Gebilde an das stille, kalte Herz heran, dirigiert den an Kabeln hängenden Löffel direkt in das Herzpuddinginnere. »Ich habe in meiner Studienzeit in Palermo einen erfolgreichen Herzchirurgen gekannt, der das Nachtleben liebte«, erinnert sich Briol, das elektrische Gerät ist tief in das Herzinnere des Mannes eingedrungen. »Jeden Morgen weinte er, an der Bettkante sitzend, so früh aufstehen zu müssen. Man musste ihm gut zureden, bevor er sich entschloss, den ersten Schritt zu tun.«
Eine Minute ist vergangen.
Es schlägt. Das große, reparierte Herz des Mannes schlägt. Einmal. Zweimal. Dreimal. Viermal. Es schlägt. Regelmäßig. Es schlägt regelmäßig.
Noch eine Minute, dann wird die Herz-Lungen-Maschine abgeschaltet. Das elektrische Herz schlägt.
Briol zieht sich zwei, drei Meter von der Baugrube zurück, flüstert: »Meine Arbeit ist abgeschlossen.«
Im Radio: »Imagine there's no heaven, it's easy if you try. No hell below us, above us only sky. Imagine all the people living for today ...«
Briols Assistenten nähen den Brustkorb zu, mit großen Metallnadeln, in denen dicke Metallfäden stecken. Fäden wie

Draht. Die Bewegungen der nähenden Männer sind sehr grob. Sie stechen ohne zu zögern ins Brustfleisch. Zurren den Leib zu wie eine lebensgroße Stoffpuppe. Das rabiate Schließen des Brustkorbs wirkt erschreckender, dramatischer, weit roher als das Aufsäbeln, Aufsägen, Auseinandernehmen.

Der Brustkorb ist geschlossen. Die Baugrube verschwunden. Das Atemgerät pumpt Sauerstoff in die Lungen des Bewusstlosen.

»Eine halbe Stunde noch. Dann wacht er auf«, sagt Briol. »In ein neues Leben. Wir haben ihm ein neues Leben geschenkt.«

»Nothing to kill or die for, and no religion too. Imagine all the people living life in peace.«

Ich atme tief durch.

»Du bist nicht ohnmächtig geworden!«, ruft Briol mir zu. »Du hast kein Herz, Max David!«

Farah

Ich kenne ihre ungefähre Route, sie hat sie mir genannt, zwischen Place de la Nation und Rue Oberkampf. Ich kenne ihren ungefähren Stundenplan, um sieben Uhr früh muss sie im Verteileramt am Boulevard Voltaire erscheinen. Um neun Uhr geht sie los, an sechs Tagen der Woche, zieht Briefe, Drucksachen und kleine Pakete – nach Straßen und Hausnummern geordnet – in einem hohen, dunkelblauen Wägelchen hinter sich her.

An der Ecke Rue Planchat und Rue Alexandre Dumas lauere ich ihr in einer Videothek auf, ich bin der einzige Kunde so früh an diesem Mittwoch um halb zehn. Ich stehe nahe dem großen Fenster, den Kopf zur Seite geneigt. Schon nach fünfzehn Minuten taucht sie auf, bewegt sich zunächst auf der anderen Seite der Rue Planchat von Haus zu Haus. Verschwindet in den Korridoren, tritt wenig später wieder hervor, marschiert weiter, den Oberkörper vornüber gebeugt. Ich verlasse mein Versteck, überquere die Straße, folge ihr in einigem Abstand, vorbei an Manikür-, Geschirr-, Papiergeschäft, Fahrschule, Sandwichstand, biege links ab in die Rue des Vignoles. Sie begrüßt einen Straßenkehrer, nahe der Ecke. Er reicht ihr die Hand und führt die Rechte zu seinem Herzen: Jeder Muslim, dem man die Hand gibt, legt sie gleich auf das eigene Herz, Hand aufs Herz, als Zeichen der Wertschätzung seines Gegenübers. Ich erkenne von weitem das betörende Lächeln in Farahs Augen. Sie hält sich längere Zeit mit dem Straßenkehrer auf, bevor sie sich wieder auf den Weg macht. Zum Abschied winkt der alte Mann mit seinem grünen Plastikbesen.

Sie bleibt häufig stehen, unterhält sich mit Concierges, Geschäftsinhabern, Polizisten, Clochards, Blumenverkäuferinnen, Krankenschwestern. Für jeden und jede hat sie ein Wort übrig, sie lacht mit ihnen, sie spricht ihnen Trost zu, sie erteilt Ratschläge.

Ich setze meinen Verfolgungsgang fort, bis Farah die Höhe des Friedhofs Père Lachaise erreicht hat. Vor dem Tor lasse ich meine Tarnkappe fallen, nähere mich im Laufschritt.

Sie dreht sich um, erschrickt: »Was ... für ein Zufall!«

»Sind Sie mir noch sehr böse ...? Wegen ... Montag?«

»Wie kommt es, dass Sie hier ...?«

»Ich habe Ihnen Nachrichten hinterlassen, warum haben Sie mir nicht geantwortet?«

»Ich war überzeugt, unsere Geschichte sei zu Ende.«

»Noch bevor sie begonnen hat? Bevor ich Ihnen das versprochene Manuskript übergeben habe?«

»Ich passe nicht in Ihr Leben.«

»Wer sagt das?«

»Wie konnten Sie mich hier finden? Ich begreife nicht ...«

»Ich habe Ihnen aufgelauert. Ecke Rue Alexandre Dumas und Rue Planchat.«

»Das glaube ich Ihnen nicht.«

»Es ist die Wahrheit.«

»Ich war überzeugt, unsere Geschichte sei zu Ende ...«, wiederholt sie.

»Mein Herz ... liebt Sie doch!«

»Und Sie? Lieben mich auch?«

»Wir sind ein Herz und eine Seele, mein Herz und ich ...«

– Gut gesagt!, lässt du dich in meiner Brust vernehmen. Es ist das erste Mal seit Tagen, dass ich wieder von dir höre. Ich gebe zu: Deine Stimme zu vernehmen macht mich glücklich.

»Mein Mann ist gestern Abend zu seinen Eltern nach Südfrankreich gefahren, für drei Tage. Und morgen streiken die Postbeamten. Ich wäre also heute Abend frei, falls Sie mich wiedersehen möchten.«
»Ich möchte ... sehr gerne.«
»Ist Ihre Frau immer noch auf Reisen?«
»Noch eine Weile, ja ...«
»Darf ich zu Ihnen nach Hause kommen?«
»Wir treffen uns um sieben Uhr vor dem Haupteingang des Jardin des Plantes. Dann sehen wir weiter.«
»Vous pensez?« Glauben Sie? Das fragt sie jedes Mal, wenn etwas ganz klar, wenn eine Sache sicher ist. »Also dann: Bis später. Oder wollen Sie mich weiter auf meinem Postauslieferungsgang begleiten?«
Ein Frühsommermorgen. Ich küsse Farah auf den Hals, umarme sie. Passanten drehen sich nach uns um. Ein seltener Anblick: Stößt man in einer Großstadt je auf Postboten oder -botinnen, die während ihrer Austragearbeit auf offener Straße geküsst und umarmt werden?

Vor dem Haupteingang des Jardin des Plantes, kurz vor neunzehn Uhr. Farah ist schon da. Sie läuft auf mich zu. Sie zieht mich mit ihren kleinen Händen in das Parkinnere. Sie küsst mich auf den Mund.
»Warum schließen Sie eigentlich immer die Augen, Max, wenn man Sie küsst?«
»Ich ... habe das immer getan ... so lange ich mich zurückerinnern kann.«
»Aber warum?«
»Um mich besser konzentrieren zu können.«
»Wie schade, ich halte die Augen immer offen, ich finde das viel schöner.«

»Versuchen wir's noch einmal?«

Hinter dem breiten Stamm einer Platane und in ihrem Schatten, versteckt vor den Parkbesuchern, küsse ich sie stürmischer als je zuvor. Mit offenen Augen. Die in ihre offenen Augen sehen. Aus solcher Nähe sind ihre kastanienbraunen Augen dukatengroß.

»Seitdem ich Sie kenne«, sagt sie, als unsere Lippen sich trennen, »bleiben alle Ihre Atemzüge mit meinem Atem vermischt, lange, nachdem wir auseinandergegangen sind. Wie gerne möchte ich Ihnen das Dorf meiner Kindheit zeigen, die rote Erde an den Flanken des Lalla-Khedidja-Bergs. Tauchte ich dort mit Ihnen auf, heute, morgen, man würde Ihnen die Kehle durchschneiden. Und mir wahrscheinlich auch.«

Die Zeit verfliegt doppelt, dreifach rasch, wenn wir beisammen sind. Die Parkwächter beginnen bereits mit dem Ritual der wilden Pfiffe – das Signal, der Jardin des Plantes müsse sich rasch leeren, die Sperrstunde nahe. Bei Einbruch der Dunkelheit werden die hohen schmiedeeisernen Tore des Parks zugesperrt, nachts kann und darf niemand die Anlage betreten.

»Was halten Sie von der Idee: Wir bleiben …«

»Wo …?«

»Hier.«

»Im Jardin?« Sie sieht mich bestürzt an.

Nahe den großen gläsernen Gewächshäusern verschwinden wir in einer Gärtnerhütte, deren Holztüre halb offen steht. Mit starkem Herzklopfen – auch Farahs Herz schlägt sehr rasch – verstecken wir uns zwischen Gartengeräten, Säcken frischer Erde und Dünger. Es riecht nach Holz, Schlamm und Metall. Durch die Fugen zwischen den Balken strömt das letzte Tageslicht.

»Durch solche Ritzen ziehen die Feen ein und aus«, flüstert sie.
Ich studiere Farahs Bewegungen, als seien es Offenbarungen. Draußen wird das Pfeifen der Parkwächter immer seltener, hört gänzlich auf. Ich lasse meine rechte Hand ihren Schenkel streifen. Sie lässt es geschehen.
In unserer unmittelbaren Nähe ist mit einem Mal Gepolter zu hören. Drei Parkwächter gehen auf das Gärtnerhäuschen zu. Die Männer rufen einander Halbsätze zu, laut, rau. Das Herz schlägt uns bis zum Hals. Die Männer bewegen sich rufend, lachend, mit festen Schritten weiter, fort von unserem Versteck. Ich habe das Gefühl, dein Rhythmus wendet sich ängstlich hin und her, zum ersten Mal seit langer Zeit. Mein geheiltes Herz: Holperst du wieder? Stolperst du wieder? Muss ich mich neuen Untersuchungen unterziehen?
»Ein Leben ohne Angst«, Farah schmiegt sich an mich, »ist kein glückliches Leben.«
»Das sagt Lena zu ihrem Geliebten ... Wort für Wort.«
»Wer?«
»Lena Maria Lenzi ... in Musils ›Grigia‹.«
»Wo?«
»Nicht wichtig, meine Farah.«
»Alles ist wichtig!« flüstert sie.
Wir bleiben noch in dem Schuppen. Bis es dunkel wird. Bis der Park mit Sicherheit menschenleer ist.
Ein linder, wolkenloser Abend. Es herrscht tiefe Ruhe, nur gelegentlich von einer Hupe oder dem Aufheulen eines Motorrads, draußen, vor den Parktoren, unterbrochen. Wir wandeln durch die Platanenallee, in schwebendem Gleichschritt. Im halbdunklen Himmel stehen die Umrisse der Bäume. Man erkennt den Abendstern. Es riecht frisch und weich, nach Blättern und Blüten, Gras und Sand.

Eine mächtige Esche steht am Rand des Zoos, dort, wo auf einer Wiese die Kängurus grasen. Auf ihre Rinde ist ein kleines Metallschild genagelt: »1785 von Bouffon gepflanzt, vier Jahre vor der Revolution.« Breit umrundet eine Holzbank den riesigen Stamm, ganze Familien sitzen da bei Tag und picknicken.
Ich lasse mich nieder, ziehe Farah sanft zu mir herab.
Leise Zoogeräusche sind zu hören. Ein Flamingo, der sich in die Luft schwingt. Ein Bär, der mit der Tatze an einer Mauer kratzt. Das Stöhnen des Panthers?
Ich streiche über Farahs Lockenhaar, küsse ihr die Augenlider, die Schläfen, die seidigen Wangen. Jetzt wehrt sie sich doch wieder?
»Nicht vor Ablieferung des Manuskripts, Monsieur Bleichgesicht! Wir haben einen Vertrag abgeschlossen!«
»Unsinn. Zeigen Sie ihn mir, diesen Vertrag.«
Meine Fingerspitzen landen unter Farahs hellblauer Bluse und unter dem Rand des langen grauen Rocks. Sie protestiert. Meine Küsse verschlagen ihr die Stimme. Sie schlüpft aus ihren abgetretenen Sneakers. Ich streife die schweren, steifen Lederschuhe ab. Wir kippen aus unserer Umarmung auf das Holz der Sitzbank, liegen da, auf hartem Untergrund, eigenartig schräg und doch sehr gut. Farah sitzt, liegt, thront auf mir. Wir bleiben beide angekleidet.
Dieses Mal hält Farah die Augen geschlossen.
Sie lässt sich kein Stöhnen, keinen Ton entreißen.
Ihre Aufmerksamkeit ist darauf gerichtet, was mit ihr, was mit uns beiden geschieht.
Ich halte mich zurück, noch gelingt es mir. Nicht mehr … lange.
Auch ich bleibe still. Ganz still.
Alles liegt in unseren erstaunten, fassungslosen Blicken. Unsere Herzen klopfen rasch, sehr rasch. Synchron?

Farah lässt sich auf meine Brust fallen, bleibt auf mir liegen, bleibt auf meinem Herzen liegen.
Stille.
Regloses Liegen.
Sie sagt: »Je suis trop heureuse pour dormir!«
Später sind wir unter der hohen Esche eingeschlafen. Die Nacht blieb ungewöhnlich warm.
Wir schliefen tief, fünf oder sechs Stunden lang.
Erwachten bei erstem Tageslicht, unter dem Geschrei der tausend Vögel.

Inhalt

Flattern 9
Farah 32
Murmeln 38
Im Vorhof 59
Farah 73
Selbstheilung 82
Die Weiberliste 89
Farah 116
Fantoni/Vacheron 125
Schüttelfrost 132
Die Suche 147
Herz-Schneider 164
Die Einladung 178
Farah 185